〔日〕石田衣良 著

陈祖蓓 译

不眠的珍珠

青岛出版集团 | 青岛出版社

图书在版编目（CIP）数据

不眠的珍珠 /（日）石田衣良著；陈祖蓓译 . — 青岛：青岛出版社，2022.1
ISBN 978-7-5552-2800-4

Ⅰ.①不… Ⅱ.①石… ②陈… Ⅲ.①长篇小说—日本—现代 Ⅳ.① I313.45

中国版本图书馆 CIP 数据核字（2021）第 190315 号

NEMURENU SHIINJU by ISHIDA lra
Copyright © ISHIDA Ira 2006
All rights reserved.
Originally published in Japan by SHINCHOSHA Publishing Co., Ltd., Tokyo
Chinese (in simplified character only) translation rights arranged with
SHINCHOSHA Publishing Co, Ltd., Japan through THE SAKAI AGENCY and
BARDON-CHINESE MEDIA AGENCY

山东省版权局著作权合同登记号　图字：15-2021-336

BU MIAN DE ZHENZHU

书　　名	不眠的珍珠
著　　者	〔日〕石田衣良
译　　者	陈祖蓓
出版发行	青岛出版社（青岛市崂山区海尔路 182 号，266061）
本社网址	http://www.qdpub.com
邮购电话	0532-68068091
策　　划	杨成舜
责任编辑	左美辰
封面设计	李在白
照　　排	青岛新华出版照排有限公司
印　　刷	青岛双星华信印刷有限公司
出版日期	2022 年 1 月第 1 版　2022 年 1 月第 1 次印刷
开　　本	32 开（890 mm×1240 mm）
印　　张	8.25
字　　数	166 千
印　　数	1-8000
书　　号	ISBN 978-7-5552-2800-4
定　　价	49.00 元

编校印装质量、盗版监督服务电话　4006532017　0532-68068050
本书建议陈列类别：日本文学　爱情小说　畅销

目　录

第一章

1

透过朝北的天窗仰望黑咕隆咚的苍穹,没有星星,也没有比夜空更暗的云朵。天窗斜嵌在房顶上,那深蓝色玻璃上映着单调而又平坦的夜空,单调得就好像自己的人生,除了工作和偶尔的谈情说爱,别无其他。

四十五岁,单身女人,年轻时结过一次婚,后来离了,没有孩子。父母亲早已过世,没有其他亲属。生活在一起的是一条重达三十公斤的雄性阿富汗猎犬。这条名叫保罗的狗现在一定已在客厅里铺着温暖毯子的"专座"上睡着了。

"我这里忧心忡忡,它却能呼呼大睡。人也好,狗也好,雄性动物都没什么两样。"

内田咲①世子盯着传真机,插图的截稿日期所剩无几,但报纸连载小说的稿子却还没来。那个小说家向来以笔头慢出名,

_____

①日本人名字特殊用字。

1

自己手头总是只有连载三天的稿子，而这回好像连库存都没有了。咲世子看了看挂在工作室墙上的北欧风格壁钟，白色钟盘上的淡灰色指针往前动了动，马上就要到半夜十二点了。

咲世子打开手机，正想给文学部负责人打电话抱怨几句时，传真机发出嘶哑的喘息声，开始往外吐稿纸，是这几天一直在等的小说稿子。咲世子拿起放在工作台上的老花眼镜，走到墙边的传真机旁。白色的墙上用半透明胶带凌乱地贴着一些能激起创作灵感的写生画。咲世子念起了第一张稿子。

"什么？还在酒店的大堂啊。"咲世子不禁大声地自言自语起来。上个星期的稿子里就已经写了男女主人公在位于东京中心的酒店大堂里严肃谈话的场面，这次还是继续写这个场面。只会严肃地面对面说话的男女有什么意思，还不快到酒店开个房间，这样就有无数可画的东西了。

咲世子把稿子塞进黑色真皮拎包里，今晚必须构思出一期连载的插图，实际动手大概要到明天，但是必须先决定画什么，否则今晚就别想睡好。其实，即使没有这样的工作，咲世子这一年来的睡眠也不好。

咲世子站在工作室门边的穿衣镜前，她穿着黑色牛仔裤加一件工作服一样的黑色毛衣，就连脚上的室内皮拖鞋也是黑色的。平时穿的衣服大多为黑色，这样油墨溅到身上也不会太明显。版画家，与其说是艺术家，还不如说每天就像小作坊里的工匠。如果把鼻子放到毛衣的肩头，就一定会闻出女人的气味儿中夹杂着刺鼻的油墨味儿。作为女人，咲世子的大半生都已经与香水无缘了。

镜子里是一张勇敢微笑着的脸，太阳穴边上隐约有了几根白色的东西。"没什么，虽说截稿时间已所剩无几，小说内容又没什么意思，但是我要让他们看看我的创作能力。"毕竟咲世子是一个已经有二十年经验的职业画家。

咲世子拿起车钥匙，穿上今年冬天新买的银狐领子黑色短大衣。她个子很高，体形也保持得不错，这件大衣与她很相称，至少那个几乎可以当咲世子孩子的年轻侍应生[①]是这么称赞的。咲世子对着镜子，把大衣领子半竖起来，然后用皮带紧了紧腰身，皮带擦着衣服发出"呲呲"响声。咲世子走出了北向的工作室。

门口边停着心爱的小型车。咲世子对汽车的规格和牌子没有什么特别讲究，对机器之类的东西也不太关心。小巧，能拐小弯，在高速公路上也能安心踩油门开出时速一百二十公里就行。

她选择的是大众的"POLO"。大众，顾名思义就是"大家的车"，这个公司名不错，最让她中意的是米黄色皮椅。汽车就跟男人一样，令人舒适的内部装潢比外观更重要。

咲世子的作品色彩以单色为主，所以她选择的汽车也是闪

---

①旧时指餐饮、旅馆等行业的服务员。后文出现不再加注。

着珍珠光亮的魔术黑色。为什么不选择黑色金刚，咲世子自己也不太明白个中理由，但是想起年轻时常听的桑塔纳①的曲子，觉得这种名称的黑色也不坏，而且开这车的自己就是一个"黑色魔女"。

咲世子将 POLO 车慢慢驶出停车场。位于高地的别墅是咲世子父亲留下的遗产，从这里能眺望逗子海湾。披露山庭院住宅一向被看成是高级住宅区，有很多著名家电公司的老板或者著名演员住在这一带。

但是，咲世子的别墅是在南面的一个小区里，没有什么高级感，顶多就是扔垃圾的规矩多一点儿，或者是有人抱怨晚上噪音太大。

咲世子强忍着想踩油门的念头，缓缓地开着心爱的 POLO。开到披露山的中心部分，就能看见像比弗利山庄那样的豪门住宅。其中有几家已经在房子周围点上了圣诞节装饰灯，在黑夜中闪烁着、辉耀着。十二月的夜空，凛冽而又清澈。怕冷的咲世子把暖气开到了最大，但脚还是冷得直发抖。

穿过住宅区，眼前出现了一条黑漆漆的小道，从小道就能一气开到海拔一百米左右的山脚下。咲世子振作起精神，身子微微前倾捏紧方向盘，使最大劲儿踩足了刚才想踩而未踩的油门。

---

① 墨西哥人，后移居美国。70 年代初的 *Black Magic Women*（《黑色魔女》）是其代表作之一。

黑色小型车的圆形车头一下子扎进了阔叶树丛搭出来的森林隧道里。

2

咲世子通常把工作分成两步来考虑，自由构思画面的和实际在工作室进行铜版画制作。制作铜版画的工艺很复杂，需要花费大量的时间，所以构思创意时往往离开工作室到外面去。如果构思也在工作室进行的话，工作室就变成牢房了，一年三百六十五天都别想出门了。

人有了什么习惯以后，就变得很不可思议。就说今天晚上，虽说稿子是半夜才到的，但是为了构思画面，还是要到外面去。艺术家，听起来好听，可作为一个顺从习惯的奴隶，和一般人也没什么两样。

黑色POLO沿着逗子的海岸线快速往下走。咲世子在开车时很喜欢看偶尔进入眼帘的夜幕中的地平线。晴朗的夜空是近乎深藏青色的黑色，而大海则是带灰的黑色，水天交界处有一条朦胧的淡淡的直线，就好像是用有很多细线条的赌盘画出的轮廓一样。咲世子的铜版画以单一的色彩为主，虽说是黑色，其中却包含了无数的层次和情调。

黑色中有无数的色彩，有的带红，有的带绿，有的带银色，也有的带黄或带紫；既有让人感到亮得晃眼的黑色，也有毫无光泽的黑色，还有所有颜色大集合的热热闹闹的黑色。咲世子能自由自在地使用各种黑色来创作铜版画。在美大读研究生时，同学们给她起的绰号就是"黑色咲世子"，这可是个名副其实的绰号。

驶过平缓的弧状逗子湾，车就开进了叶山市，开过诹访大社和森户海岸，沿着空荡荡的西海岸大道一路南下，在叶山公园前的红绿灯处往右拐就是海边，目的地就浮现在了夜幕中。

蓝色的霓虹灯牌碧露咖啡辉映在夜幕中，停车场的积水中倒映着同样的霓虹灯光。碧露咖啡看上去就像是个没有装修过的立体水泥箱，被搁在海边的悬崖上，临海的一面是格子纵横交错的落地窗。逗子、叶山一带一到旅游淡季，就有好多商店停止营业，但是这家咖啡店即使在寒冷的冬季，也照样营业到凌晨四点。

停车场只停着寥寥数辆车，咲世子把 POLO 停好后，就马上下车推开双重玻璃门走进店里。用白色石灰涂成的短短的过道上映着不知从什么地方打过来的蓝色荧光灯，使人有一种行走在海底的感觉。

"欢迎光临。请随便坐。"

小个子侍应生迎上来打招呼，他细细的腰上系着围裙，看上去像少年。侍应生是住在附近的大学生，在这儿打工。咲世子向他点点头说："西崎君，晚上好。就要和平常一样的饮料。"

落地窗在大厅左边的 L 形吧台前头，从那儿能眺望夜幕笼罩下的大海。大厅里还有几张圆桌，却没有客人。从地面打上来的灯光落在白色桌布上，放射出磷光，桌子如同漂浮在冷冷清清大海上的海蜇。如果是夏季，即使在深夜，也要排队等座位，可是一旦远离旅游旺季，避暑地就变得门可罗雀。

　　咲世子把大衣托在手臂上，走向自己的"专座"。吧台的尽头有几个台阶，下了台阶，地面就从木头变成了瓷砖，瓷砖部分和户外的木板阳台相接，因为中间隔着落地窗，所以，瓷砖部分就成了阳光房。咲世子夏天在户外阳台上，冬天则在阳光房里构思画面。

　　咲世子一共有五个进行创意构思的地方，都是在别墅附近找到的。去什么地方，则因这个时候的心情或客人的多少而定。逗子游艇基地边的饭店、渚桥的丹妮斯餐厅、叶山大酒店的音羽之森，最近还加上了御用邸旁边的近代美术馆里的咖啡厅。无论是哪个地方，每当找不到灵感时，只要抬起头，就能看见窗外无边无垠的天空和大海。这种视觉上开阔的场所不知为什么总能给她带来灵感，也许是景观里的无限奥妙使她的视野和身心都能获得自由的缘故吧。

　　咲世子从包里拿出了连载小说稿和 B5 大小的速写本，自动铅笔是施德楼牌子的，笔芯是 B6 型，这是因为 B6 比较接近铜版画的黑色。咲世子用手托着腮帮子，眺望着窗外。

　　"您要的是大杯的皇家奶茶吧？"

咲世子抬起头来,眼前站着的是一个没见过的侍应生。两人相视的一刻,侍应生脸上显出一种困惑的表情。黑色的蝴蝶领结,带褶的白色衬衫,宽宽的肩膀就好像帆船的主帆,围裙系在腰的高处,可见此人个子很高。最近的年轻人腿越来越长了。

"谢谢。"

"失礼了。"

是那种稍微带点鼻音的柔和的声音。大得像啤酒杯那样的大马克杯里装满了奶茶。侍应生用骨节分明的手抓起杯子把手,把杯子放到咲世子面前的桌子上。修长的手指、有力的肌腱、凸现的青筋,都是咲世子所喜欢的那种男人的手。

她又重新抬头看了看男人的脸,并不是特别英俊的那种,但是眉头和眼角透着冷静,嘴角显出一种似欲说还休又不屑一顾的困惑表情。咲世子觉得,困惑也许是这个人脸部的基本表情。

也许是觉察出了对方在打量自己,年轻的侍应生明显变得不好意思起来:"那个,您还要别的什么吗?"

咲世子什么也没说,只把手在眼前挥了挥。把自己干燥的手背和年轻男人富有弹性的手相比时,咲世子感到有点不耐烦,怎么看,这个青年都要比自己年轻二十岁左右。

之后的三十分钟,咲世子一直凝视着窗外。

3

咲世子总是要花上半个小时来使身体慢慢适应店里的气氛,也为了使焦躁的心绪冷静下来,这也是她开始工作前的一个仪式。在这短暂的时间里,咲世子任凭自己流连在自由遐想的世界中,以稳住因为截稿日期逼近而变得焦躁的心情。在焦躁中构思出来的作品就会显得线条粗硬、画面仓促,发表以后总会后悔不已。

这家咖啡店吸引她的不仅是临海的落地窗,还有它的背景音乐。店里常常放着20世纪70年代到80年代流行过的古典摇滚乐和黑人歌手们唱的灵魂乐曲,有"地,风与火"乐队的《世界就是这个样子》,杰夫·贝克的《悲哀的恋人们》,老鹰乐队的《总有一天》。说起来叫人难以相信,这些全是20世纪70年代中期流行的歌曲,那时咲世子才十七岁。

从那时到现在,已经过了二十八个年头,咲世子一如往常,深夜独自一人在这个海边的咖啡馆里工作。那时的梦想有一半已经消失,作为一个版画家虽获得了小小的成功,但是另一半是失败的,人生的一半时光已经消逝,自己却还是孑然一身。

"这就是世之常情……"菲利普·贝利用他如天鹅绒般柔和的假声这么唱道。咲世子微笑着喝了一口已经冷下来的奶茶,拿起了属于她的"第六根手指"——蓝色的绘画自动铅笔。

咲世子开始工作起来。她先仔细地确认着小说稿的开头部分：一对二十七八岁的男女坐在酒店的大堂吧间，大堂尽头的吧间没有窗，也看不到外面。咲世子不紧不慢地念着，既不费力也不兴奋。枝形吊灯、外国游客、明信片架子，吧间周围的东西，在上个星期的稿子中都已经画得差不多了。再往下念，不知为什么小说中突然写着男主人公敞开的衣襟下挂着一根银质项链，一定是没东西写了，小说家加上去的吧。前几回只字不提这个细节，这次却特意注明是一根心形吊坠的项链。

咲世子不由得叹了口气，写小说的人可真会乱编，场面中随时会出现突发奇想的东西，而自己却不得不把这些东西用具体的形象描绘成插图——首先，心形吊坠是再普通不过的东西了，光这个细节是成不了画的。

咲世子开始在本子上画起了能想象到的各种心形图案。最近的银质首饰流行飞车族款式，看上去有点儿不太正经，而且，野蛮的主题也比较多，最常见的就是骷髅呀利剑呀什么的。咲世子不太喜欢那种虚张声势的东西，她一个劲儿地在脑子里寻找能和心形吊坠相配的其他东西。

花了十五分钟，咲世子完成了八张草图，但是没有一张是令她满意的。抬起疲乏的眼皮，寒冬的大海浩瀚无边，咲世子冷静了下来，想起了以前看过的一本画集。那是让·谷克多的画集，其中有一张是用线条画的美男子的侧脸。不知为什么，眼睛被画成了鱼，这是一张令人过目难忘的画。咲世子不由得在心中喃喃自语,人心亦如湿润的鱼一般,要想捞起来也是很费劲儿的。

灵感总是在刹那间到来,咲世子抓起笔开始用粗线条唰唰地画开了心形,心形当中有一条鱼在游。仅这些,画面还显得太单调,咲世子又把刚才看到的那个青年的手指画到了吊坠下面。为了使指尖看上去是在抓一个不容易抓到的东西,咲世子有意把手指画成往后翻的花瓣那样。

实际上画到速写本上花了大概不过九十秒钟,这是咲世子最能感到喜悦的瞬间。可为了这一刻,要度过好几个郁郁寡欢的日子,还要像印刷工一样浑身溅满油墨,辛勤劳动一阵子。咲世子把头从速写本上抬起来,满意地看着画面:还不错,明天刻制到铜版上,用刮刀去掉不需要的部分,从温暖的黑色中就会浮现出一个刻着鱼的心形吊坠和一只男人的手了。虽说构思的时间不长,创意倒还不坏,二十年的职业画家生涯没白过。

咲世子含笑正要合上本子,就在这时,一颗汗珠从额头上跌落到了画面的手指上。汗珠接着点点滴滴地打在了小小的速写本上,画面起了皱。全身肌肤表面如碰到火一般发烫,汗水如冰雪突然融化。不只是额头上,汗珠还顺着脖子流到乳房四周,犹如被浇了一盆热水,背部也全湿了。

潮热盗汗,这大约是一年前突如其来的症状。据医生说,这是更年期综合征的一种,好像是很普通的。但是,这种事一旦发生在自己身上,就叫人难以平静接受。

咲世子大口大口地喘着气，努力闭上眼睛。咲世子的潮热盗汗症状并不仅仅停留于身体发烫和急剧出汗，坐在椅子上闭上眼睛的话，身体好像就会来个九十度旋转，明知不能去体验这种感觉，但还是会不由得闭上眼睛。

咲世子看到桌子的对面出现了一个穿着晚礼服的男人。汗水不仅是因为发烫的身体，还因为恐惧。这个普通男人的肩头扛着一个跟真马一样大小的马头，马头上清澈的眼睛很大，如同台球游戏里的目标球，眼睛直直地盯着咲世子看。睫毛翘曲成半圆形，刚硬得好像能做挂衣架。眼睛周围有一圈棕色的细毛，再加上浮在长长的马脸上的静脉，真实到令人作呕的地步。纵向分开的鼻孔随着呼吸忽厚忽薄，把一股热乎乎的牲畜的气息喷到咲世子脸上。扛着马头的男人的晚礼服胸口衣袋处露出用丝绸手绢叠出的三个尖峰，亮得令人晕眩。

咲世子手上紧抓着速写本，"哐当"一声头撞在桌子上就倒了下去。马克杯也翻倒了，冷冷的奶茶洒在毛衣上。不行，不能倒在这儿，不能倒在扛着马头的男人面前，这太让人毛骨悚然了。

咲世子就像是被绞干的海绵，浑身是汗，全身在恐惧中发抖，失去了知觉。

4

醒过来时,咲世子看见了涂着白色石灰的圆形天花板,从房间四角放射出来的蓝色灯光延伸到墙上,自己仿佛是从海底在仰望天空。湿漉漉的头发贴在额头上,令人难受。难受的地方不仅是这里,牛仔裤、内衣、毛衣,凡是贴身穿的衣服全被汗水打湿了。

"客人,不要紧吗?"那个表情困惑的青年从上方探过身子来问。

咲世子觉得自己可能被放在了厢座的长椅上。

"咲世子女士,给您毛巾。"

那个相熟的侍应生递过来一块干毛巾。咲世子平时不化妆,所以这种时候即使是别人给的毛巾,也能毫不在乎地用来擦脸。

"西崎君,谢谢你。"

见咲世子坐了起来,西崎说:"要谢的话,应该谢德永。是他最早发现的,差不多一个人就把您挪到了这儿。"

咲世子抬起头来看着青年。手很美的青年用一种更显困惑的表情回看着咲世子。

西崎又说:"我们都想叫救护车了,发生了什么事儿? 您哪儿不舒服?"

要说自己是更年期综合征的话,这个年轻的男大学生能理解吗? 更何况,咲世子的潮热盗汗症状总是伴随着幻觉和贫血。

没有生过孩子的身体，一些尚未使用过的功能正在逐渐消失，这变化竟然给自己带来如此大的烦恼。咲世子有点儿不知所措地笑了笑说："也许是工作太忙了吧，好久没发作的贫血又发作了。"

高个青年的脸活像是一面照着自己的镜子，这种表情和自己的完全一样，是一种想要掩饰什么时的表情。对方可能也觉察出了这一点，困惑的脸上微微显出了一丝笑容。咲世子产生了一种和这个青年分享了秘密的心情。

"西崎君，谢谢你。这位叫什么名字？"

"啊，对不起，你们是初次见面吧？他上星期刚来这儿工作，叫德永。德永，这位……"

青年很委婉地打断了西崎的话头："西崎君，不用介绍了。我已经听说了，内田女士是著名的版画家。速写本被奶茶打湿了，我用纸巾给您擦了一下，顺便看到了几张画。随便看画家的作品是不应该的，我向您道歉。"

这个叫德永的青年说的话就好像是一种音乐，有一种柔和的节奏感，听起来很舒服，语调虽然很小心谨慎，但是也没让人觉得很卑微。

"我够重量级吧？让你受累了。"

在咲世子的同龄女性中，身高一米六五的人就已经很少见了，所以，别人问的话，咲世子总是回答一米六八，而实际上她有一米七。虽然身材苗条，但是体重还是不小的。听了咲世子的话，德永第一次破颜而笑："没什么,我年轻时在建筑工地上干过活,内田女士的体重还是没问题的。"

这个看上去顶多二十七八岁的青年,他说的"年轻时"是指什么时候呢?咲世子问这两个精力充沛的年轻人:"我昏倒了多长时间?"

两个年轻人对视一下后,西崎说:"嗯,大概十五分钟吧。咲世子女士,真的没问题了吗?要不然,让德永送您回家吧。他也住在逗子那边。"

让一个初次见面的男人深夜送自己回家,咲世子还没有这样的念头,也许在西崎眼里,跟自己母亲年龄相仿的女人不是女人吧。这时,德永把目光落到白色的墙上,吊在天花板上的液晶投影仪打出了灯光,映出了一幅雨景。这是年轻时的凯瑟琳·德纳芙,美得令人窒息,不过她在《瑟堡的雨伞》中演主角时才十七岁,有点勉为其难。咲世子从一年前起对年龄变得非常敏感。德永微微点头施了一个礼,就走到吧台那边去了。西崎目送着他的背影说:"自从德永来了以后,店里放的东西就丰富起来了,他每天都拎一公文箱的光盘来。"

结束画面一出来,马上就又开始了新的片子。就好像是一个音乐节目,一个曲子播完了,又开始播下一个。映在白色墙上的是一个无声的新的画面,衣衫褴褛的比约克正在唱着什么,是影片《黑暗中的舞者》,这也是咲世子喜欢的作品。

咲世子从厢座上坐起身,伸手去拿自己的拎包和大衣。

"谢谢你,西崎君。今天我就回去好好睡上一觉,下次再来向你们道谢。"

西崎像条温顺的小狗跟在走向收银台的咲世子身后,德永一脸困惑的表情站在短短的过道上,说:"谢谢光顾。"

咲世子在德永跟前停下了脚步,看着他的脸,自然就形成了一个微微仰首斜视的角度。德永比咲世子还要高出十厘米以上。

"应该是我谢你们。不过,我想请教一下,现在放的这个片子是音乐片的接续,还是跟德纳芙接在一起?"

青年依旧是一副困惑的表情:"没想过。我不太会说什么大道理。"

咲世子在收银台结了账,和来时不同,一路谨慎驾驶,开过西海岸大道回到别墅。

5

冲了个淋浴以后,咲世子便倒头睡下了。带着疲乏醒过来时已经是第二天上午九点。这几年,心身舒展的早晨,已经是可望而不可即了。咲世子的卧室在二楼,二楼原本是客厅,卧室是装修后隔出来的。古色古香的床四角有细细的铁栏杆,上边挂着乔其纱的床罩。要是有人说这是少女情怀,那也没办法,这样的床是咲世子学生时代就有的梦想。

早餐是一杯不加糖的奶咖啡和一个什么也没抹的贝果面包。吃完早餐，那条叫保罗的大狗就来到脚跟前不停地蹭着。阿富汗猎犬是西洋猎犬的一种，有一张鼻梁挺直、非常聪慧的脸，不过要说保罗的智力，跟巴黎的咖啡店里的英俊的侍应生差不多，只是徒有其表而已。

咲世子穿上羽绒长大衣，围上厚厚的披肩，戴上手套和绒线帽子，带着保罗去做每天例行的散步。庭院住宅小区的马路整齐地排列成格子。碰到过往行人便道声"早安"。虽然有点麻烦，但也是生活在这地区必不可少的礼节。保罗拼命扯着狗链往前跑，爬上了坡道。仰望天空，披露山上方，一只老鹰悠然地画着弧线，翅膀随风扇动，飞翔在空中。

山顶上有一个小小的瞭望台和一个兼带动物园的公园。春天时，这里的染井吉野樱花①很有名，吸引很多游客前来赏花。从瞭望台能看到三浦半岛的海岸线和相模湾，这儿也被选为逗子八景之一。不过，逗子八景之一指的只是披露山的暮雪景色。最近几年，由于连续暖冬，有时，一个冬天下来也不见一片雪花。

公园广场上，附近幼儿园的孩子们正在玩耍，走过广场后，保罗便向关着胖猴子的笼子猛冲过去，保罗很喜欢猴子。咲世子眯缝起眼眺望着早上的大海，海面上波纹皱得就好像铝包装纸一样，接着她又去看在枯草坪上奔跑的保罗。

---

①樱花的品种，在日本较为常见。

她的心思并不在这里，而是早已经转向了工作。灵感真是一个奇怪的东西，不管你想得怎么痛苦，千呼万唤也出不来，而来的时候，竟又接二连三地冒出来。

咲世子坐在长椅上打开新的速写本，她又有了一个新的构思，主题还是那个带着困惑表情的青年的手，一对男女隔着桌子相对而坐，桌子正上方是一只有力而修长的手，正要去触摸女人那细长的脖子。这个画面很不可思议，既可以看成是暗示马上可能发生的危险情节，又可以让人感到貌似冷静的男人的欲望。

咲世子看了看手表，出门后已经过了四十分钟。她吹了吹挂在脖子上的犬笛，用英语叫了起来："Paul，Come back！"（保罗，快回来！）

这是因为在狗狗学校里，一律用英语训练。所幸周围没有旁人，想想真是可笑，在日本这块国土上，对阿富汗猎犬竟要用英语来养育。咲世子把狗链拴到不想回家的保罗的脖子上。这次是咲世子先下了坡道。每天早上，狗和人总是以这种顺序在散步。保罗一路上不停地往路边所有的树上蹭上一点小便，就好像那些总喜欢拈花惹草的男人。咲世子想起了 MACHIE 画廊的三宅卓治，他已经好久没给自己打电话了。

男人，真不是东西！

把保罗放到客厅里，咲世子就一头扎进了工作室。咲世子使用的铜版画技法叫作"美柔汀"。通常的直刻和刀刻要先用

18

雕刀把铜版画中想染黑的部分去掉,但是"美柔汀"技法首先要把整个版面做成密密的毛点,造成一片黑色,然后再用有密密麻麻齿刃的半圆形滚点刀,在发着赤铜色的表面不停地变换角度,反复滚压数十次,直到铜版表面产生无数细致的纹理。涂上油墨后,再用刮刀尖端部分刮磨铜版表面凹凸的地方,直到刮出灰白调子为止,这是在黑暗中挥舞闪闪发光的雕刀的过程。咲世子觉得,"美柔汀"表现出来的黑色就好像是用柔软细腻的高级羊绒做的黑色围巾,或者是在没有月光的仲夏之夜里移动着的云朵。

在稿子来之前,咲世子就已经把版面的毛点做好了,所以马上就能进入制版工艺中去。咲世子边哼着歌边轻快地做着这个工作,做到一半才发觉,还没把自己中意的 CD 放进老式音响播放机里。

放的这段音乐令人产生这样一种联想:一个沉默寡言的美少年挺着胸走下楼梯。这是艾丽西亚·拉萝佳演奏的蒙波的钢琴作品集。蒙波是 20 世纪西班牙作曲家兼钢琴家,他创作的作品大部分与晦涩难解的现代音乐不同,是那种如自言自语般的简约风格,但又不乏内省。他有着令人吃惊的技巧,却相当腼腆羞涩,据说生前只和几个交心的朋友一起演奏过自己的作品。这盘光碟是他的经典小品集,很能反映出作者的这种性格。

咲世子用圆珠笔通过复写纸把原画刻印到铜版上。在画男人的手时,咲世子想起了德永的脸,他给了自己两个不错的构思,下次去咖啡店时应该好好谢谢他。

　　把用复写纸印好的画再用铅笔描一遍,然后开始一边转动铜版,一边使用几种刮刀去掉铜版表面的毛点。铜虽说是金属材料中最柔软的一种,但是和在画布上涂色或是在木板上雕刻相比,还是相当坚硬。因为要用力横推刮刀,来回打磨,咲世子左手中指的指尖已经起了硬疙瘩,既不能留长指甲,也不能涂抹指甲油。几乎每天都要使用油墨和硝酸溶液,咲世子的手和不化妆的脸不同,远比实际年龄要老相得多。

　　制作一张画需要三个小时,咲世子一共完成了两幅铜版画,不知什么时候朝北的窗子已经变暗。已经干了很长时间了,等明天再试印也不晚,可咲世子急于想看复制出来的作品,所以就干脆不吃饭继续干下去。

　　在大理石的调色板上,咲世子用三角形橡胶铲子调和三种油墨,直到油墨透出鲜亮光彩。这次想调出带有温馨感的偏褐色的黑色,主色调用法国产的沙尔博内油墨,其余的配方则全是秘密。用滚筒压平油墨,然后仔细地使油墨渗进版面的毛点中去。有些细微的地方要用滚筒的棱角来压,然后再用橡胶铲子不停地变换角度来打磨。

　　干到这个步骤时,咲世子停住手,为舒展一下身子,她开始在工作室来回踱步。这房间曾是已经去世的父母的卧室,房间比较大,即使放上一张大床也还绰绰有余。现在,在这个曾经放过床的房间一角,放着一台很大的铜版压印机,那是年轻时咬牙买下的,已经伴随着自己度过了近二十年。跟这个铁家伙打交道的年数远胜过任何一个男人,它是一个值得信赖的伙伴。

咲世子喝着已经煮得走了味的咖啡,又开始了下一步的工作——开始用硬布团擦拭多余的油墨。粗擦和普通擦时,要用粗布做成的硬布团,最后细细擦拭时,才用白色丝绸。

这道工序结束后,她让自己的呼吸匀称下来,然后就开始印刷,一气呵成。运用自如的铜版压印机早已经调试好。把纸(咲世子用的是法国产的"阿诗",一种吸墨能力很强的高档纸)弄湿后加上镇石,使整个纸面都均匀地湿润,把做好的版底放到台板上以后,小心翼翼地用一张碎纸片捏起版画纸的一角,把版画纸轻轻放到版底上,整个过程连气都不敢喘一下。最后,再把厚厚的毡子盖在版画纸上面,开始慢慢地用均一的速度来回滚动滚筒,将台板全都滚遍以后,再用碎纸片捏住版画纸的一角,轻轻地将它从铜版上揭下来。

咲世子之所以喜欢铜版画,是因为铜版画能给人带来两次欣喜的高潮——灵感来的时候与经过一连串实际操作工艺印制出作品的时候。这两个欣喜,一个来自最初,一个来自最后,即灵感出现瞬间的那种惊喜和作品最后完成时的高潮。这么说来,是不是跟做爱有点像呢?

咲世子凝视着画面上那想要去捏心形吊坠的男人的手,指尖在柔和的黑色中像是在谋求什么似的伸展着。整个手让人感到坚强、温柔和恐惧。吊坠和男人的手在画面上的白色部分的衬托下愈显突出,好像马上就要逼近自己。

咲世子没有意识到自己在微笑,而是马上又去印制另一幅作品。

6

结束了一天的工作,已经快到晚上十点了。两张铜版画只要能赶上明天下午配送公司的送货时间就没问题。咲世子饿得有点儿头昏眼花了,她冲了个淋浴,开始打扮,准备外出。新买的紧身牛仔裤再加一件蓝灰色的双排扣海军呢子短大衣,这身看似很普通的款式,却是货真价实的名牌时装,价格相当于一个刚从大学毕业的白领丽人两个月的工资。大衣底下是一件短袖羊绒毛衣,颜色如黑夜里的大海。

黑色的 POLO 离开沿海大道,驶向日本铁路公司的逗子站前的商店街。那里也有一家开到深夜的咖啡店,自产自销的蛋糕在当地很有名。进了店,咲世子马上看向柜台的玻璃橱窗,里面还剩十二块蛋糕,她让店里的人全装进了盒子。咲世子把两盒蛋糕放在副驾驶座上,回到了西海岸大道。只隔了一天,心情竟会判若两人,看来,人不管怎样走投无路,也绝不能绷断心上的那根弦,明天将是另一个未知的一天。

把黑色小型车停在海边的停车场后,咲世子小心地抱着两大盒蛋糕，步入十八个小时前刚刚离开的咖啡店。西崎看见咲世子，眼睛一亮："您已经好了吗？今天也没有客人来，我们正在谈论是不是要关门呢！"

咲世子并没有走向自己的专座，而是坐到了吧台中间的座位上。

"西崎君，昨天晚上谢谢你们啦。这个，是给你们买的，也分一块给我。"

咲世子接着又要了一份海鲜蛋包饭和一杯热茶。这家店的蛋包饭不用浓缩酱汁，而是用放了虾仁乌贼以及扇贝的奶油，也是这家店的招牌菜。

"你跟厨房说，做快一点，我连午饭都还没吃呢。"

咲世子坐在能转动的高脚椅上，环视着布置得像大海一样的大厅，她没看见那张困惑的脸。液晶投影仪打在白色墙上的是《芝加哥》，又是音乐剧片子，准是他选的。

"西崎君，昨天的那个人呢？是叫德永来着吧？他不在吗？"

打工的大学生不怀好意地笑笑："咲世子女士也看上德永了吗？本店的好几个老主顾都在嚷嚷，说德永怎么怎么好，可这儿还有个挺不错的男人呢。"

咲世子把食指晃得像节拍器一样："是啊，西崎君也不坏，不过还太嫩，还要多多领教女孩子们的厉害。对我这样的成年女人来说，你可还是个毛孩子呢。"

这个有着一张女孩子似的脸的大学生，模仿意大利男人耸了耸肩膀。这个动作看起来跟他并不相配。

"好好,我知道了。他现在是休息时间,待会儿我去叫他来。"

接着,他突然不怀好意地歪着嘴角,笑着说:"说不定德永也有恋母情结。行,我马上去叫他来。"

恋母情结？真是笑话。咲世子根本没有想要和那个一脸困惑表情的年轻人深交,只是要表示一下前一天晚上的谢意,并转告一下自己从他那儿得到了两个很好的题材。

咲世子从吧台眺望着大海,这时,店员专用的门开了,高个子侍应生将一个银盘子端在胸前向这边走来,脸上带着一种困惑的表情,是德永。

"让您久等了。厨房里的人对内田女士买来的蛋糕都很喜欢,谢谢您了。"

一盘蛋包饭无声地放在了咲世子眼前。音乐变成了CON-FUNK-SHUN①的《加州Ⅰ》,这是当年寻欢作乐的人会选的曲子吧。随着击拍板敲出的啪啪声,如泣如诉的吉他动人心弦地响起来,这是迪斯科舞厅跳贴面舞时专用的曲子。海鲜奶油沙司的香味引得咲世子的肚子发出咕咕的叫声,咲世子心想,德永一定听见了,红着脸问:"1981年时,你多大？"

随着这首曲子狂舞时的咲世子二十三岁,还在美大当研究生。德永用一种不解的表情说:"1981年,我六岁。"

_____

①放克乐队,代表了美国20世纪70年代的放克音乐。

这是一道连最怕上数学课的咲世子也会计算的简单问题。这个人是在我十七岁时出生的,我初尝酒味、初试禁果的那一年,也是《悲哀的恋人们》播出的那一年,这个青年出生了。

咲世子不知为什么心情变得苦涩起来,她用勺子弄破了蛋包饭,已经毫无食欲。也许正如西崎说的,自己是怀着某种期待到这个咖啡店来的,虽然实际上自己并无此意。好像是要掩饰什么,咲世子故意挑了一个最大的虾仁送进了嘴里。心情归心情,新鲜的虾仁还是美味无比。德永从矮一截的吧台里面盯着咲世子的眼睛说:"内田女士的手真美。"

咲世子吃惊地看着自己的手,骨节嶙峋、皱皮疙瘩、指甲粗糙,活脱脱一双劳动者的手,甚至已经超越了男人和女人的性别界限。

"不行,不行,这双手一点儿也没女人味儿。"

德永用困惑的表情微微摇了一下头:"没这回事,并不是修长光滑的手才是漂亮的手。我听西崎君说,您是著名的铜版画家。请允许我贸然请求,能不能让我拍摄一下您的手?"

咲世子一头雾水,拍一个四十五岁女人的手?这到底是想拍摄什么?

"为什么你要拍这个?"

德永的表情愈发困惑起来。咲世子觉得自己是在质问对方,于是改用委婉的语调说:"那个,不是在质问你,只是我想,你要拍什么的话,这一带有很多漂亮的女孩子。"

德永把视线落到擦得一尘不染的吧台上,语速变得快起来:"拍那些个没意思,我已经到这里三个月了,海也好山也好,都看腻了。如果可能的话,我想拍摄的不仅是您的手,还有您制作铜版画的整个过程,就是说要拍成一部纪录片。"

咲世子大吃一惊,她凝视着青年的脸,一直以为眼前的这个年轻人不过是个在旅游景点打工的无业游民,不由得换了语气问:"德永先生是专业摄影师吗?"

青年抬起头来,把视线移向冬天的大海。这是一种有不愿意让人知道的秘密的表情,这个微妙的瞬间连咲世子也觉察出来了。

"哪里,不过是爱好而已。在您有时间的时候穿插拍摄,不行吗?"

从咖啡店放的片子就能看出这是一个内行人选的。这个人已经给了自己两个题材,更重要的是,有着一双漂亮的手的青年说自己这双劳动者的手很美,是新种舞男吗?但是,咲世子也没有什么家产。

"明白了,行。"

青年那困惑的表情变成了一张笑脸。这个人笑的时候,看起来要年轻一两岁。咲世子在高脚椅上挺直了背:"叫我时,请用后边的名字。你德永的后边是什么?"

青年含糊地说:"德永素树。"

"素树,这个名字真好。"

好像在什么地方听到过这个名字,咲世子又开始吃起已经有点凉了的蛋包饭。奶油的表面结了一层薄薄的透明膜,咲世子把用意大利香菜和黄油炒的米饭拌到奶油里吃了起来。就在这时,拎包里的手机响了,彩铃和汽车一样,也是《黑色魔女》。

"对不起。"

咲世子离开吧台,走到落地窗边。空气骤然变冷,玻璃窗的对面是冬日里的大海和夜空,横亘在大海和天空之间的是闪着耀眼灯光的车道。

"喂,我是内田。"

"咲世子吗?是我。"

是 MACHIE 画廊的三宅,他好久没打电话来了。

"你不是还在北海道吗?"

"采购比我想象的要顺利,现在到处不景气,所以画家们的作品也可以如愿杀价。我可以提早一天回来。"

突然打电话的理由竟是这。一阵战栗瞬间走过咲世子的脊梁,直下到尾骨,像是一股热浪,让人觉得痒痒。

"嗯,明白了,哪家饭店?"

"汐留的东京帕克饭店,六点,我在大厅等你。反正就是这么一回事儿,你可得穿上最性感的内裤来哟。"

咲世子用一种不太情愿的语气说:"嗯,知道了。"

"那,明天见。"

电话突然被挂断。明天晚上要躺在三宅的怀抱里,这么一想,咲世子觉得自己的下腹部黏糊糊沉甸甸的,能看见冬日大海的窗户透过来一股冷气,好像要扑灭自己身体里点燃的灯芯。咲世子转过身来看看吧台方向,德永依旧用那种困惑的表情在看着自己,四目相遇时,他轻轻地朝自己点头致意。三宅比自己大三岁,今年四十八,和这个青年正好相差二十岁。这个青年是不是也会兽性大发地扑向女人呢?

咲世子抱着两只露在外边因寒冷和兴奋而战栗的手臂,慢慢走回德永等着的吧台。

第二章

1

为了不让高高的钉鞋跟踩出刺耳的声音,咲世子走进酒店大堂后,每一步都很谨慎。大堂地面是用木材和黑曜岩相间铺成的,每走一步都能觉出木头和石头不同的硬度来。咲世子仰头看了看约有十层楼高的挑空部分,汐留一带昏暗的天空就像布景一般映在远离地面几十米高的三角形天窗上。

这家大酒店虽说来过几次了,可是一走进大堂还是会有一种令人拘束和紧张的氛围。咲世子暗暗庆幸自己穿得比较正式,真丝乔其纱的黑色开衩连衣长裙上加了一件真丝的黑色开口短上衣,吸收光亮的黑色配着富有弹性的黑色。在穿黑色时装方面,咲世子和制作铜版画一样有信心。

咲世子环视着对称地搁着黑白沙发的大堂休息处,盆栽后边,有个男人朝自己轻轻地扬了一下手。咲世子挺直了背,好像踏着古典舞步似的缓缓走了过去。三宅曾经说过,他喜欢远远地欣赏咲世子,她的脚长长的,走路时左右晃动的腰肢就像跷跷板似的。

卓治比咲世子矮一厘米,不到一米七,虽说已是不折不扣的中年人了,可他对身高还是有自卑感。听说他除了自己的太太,婚外恋的女人都是高个子,这也可以说是这个男人的可爱之处吧。

"哟,好久不见了。"

卓治用手指了指自己对面的沙发,咲世子弯下腰时,大腿上的裙子部分绷紧了,丰满圆润的光泽柔和地覆盖在腰部和膝盖上。

"等等,就这么站着别动,让我好好看看。"

休息处的对角线上能看见一个穿着白色衬衣的女侍,轻轻地向这边行了个礼后径直走来。卓治的眼睛睁得大大的,同样是睁大了眼睛,买画时的眼神是冷酷的、挑剔的,而此时却是贪婪的、热情的。

"这条格纹长丝袜不错。"

这是一条黑色的丝袜,上面有用双线条划出的正方形格子。咲世子最近比较喜欢穿这种丝袜。女侍已经快走到跟前了,可卓治依旧在贪婪地看着咲世子:"穿了我说的最性感的内裤了吗?"

咲世子微微点头,压低声音说:"穿了。可以坐下了吗?"

"不行。下面穿的是什么?"

咲世子挤出一个硬邦邦的笑脸给女侍,不动声色地说:"你给我的那条玫瑰花样的。"

卓治满意地眯缝起眼睛:"可以坐了。"

咲世子刚在沙发上浅浅地坐了下来,脑袋上方就响起了女侍的声音:"欢迎光临。"

咲世子看了看桌上,男人前面放着一个小小的郁金香型酒杯,酒杯下半部分起了一层水雾,是香槟酒。这个男人即使没有钱,也不忘虚荣一番。咲世子对正要打开菜单的女侍说:"给我一样的东西。"

走廊上四处横溢的灯光,似乎要沿着挑空部分的墙壁照射到天上。也许因为不是周末,大堂休息处的客人只有寥寥数人。咲世子确认女侍已经走远后问:"今天也是先进房再吃饭吗?"

男人像一头遇到了鲜美无比的肉块而眼睛发亮的野兽一样。

"当然,赏画和做爱,都是空着肚子比较好。这种时候,感觉就特别敏感,快感也来得更强烈。这天下的男女不知为什么都喜欢在吃饱喝足了以后做爱,感觉都迟钝了,还有什么好玩儿的?"

卓治是银座中央大街上一家画廊的经纪人,MACHIE 画廊这个名字常常被误解成是法语的"素材质地"呀"质感"等意思,其实 MACHIE 是画廊主人中原町枝的名字。中原町枝是个爱好美术作品的夜总会老板娘,在不太景气的银座第六大街上开了两家夜总会。咲世子想起了和町枝说好的明天见面的事。卓治不无自满地开始吹嘘起来："有些画家的作品，整个东京，就我们一家专门进行收藏，像尾身良行呀，岩野满呀，这回买到了不少他们的新作。现在流行北欧风格的家具，札幌的艺术品也有相同的趣味。我相信，在东京也一定能掀起一股热潮，嗯，还不如说是我在掀起这股热潮。"

卓治在步入而立之年时，开始以美术评论家的身份崭露头角，后来因为和一位在纳税者排行榜上赫赫有名的大画家发生了一点冲突，几乎所有的杂志都不再发表他的评论了，卓治本人不得不从公众场合销声匿迹。不走运好像刺激了卓治，他变成了一个爱嘲笑别人却又有洞察力的人。以咲世子这样年龄的女人来看，比起单纯的好人，倒是这种男人更有吸引力。再说，也不是要结婚、二十四小时非要生活在一起不可。

房间在第三十层。家具由白色、黑色和米黄色组合起来，看起来非常讲究、时尚，咲世子和卓治曾经要过两次同样的套房。

打开房门，咲世子先走了进去。L字形的套房，笔直的走廊前是一个三角形的房间。卓治在黑暗的走廊上从后面抓住了咲世子的手腕。虽然不高，但是男人的力气还是很大的。咲世子被拉回来，被顶在冰冷的金属门上。虽然穿着高跟鞋，但她还是身不由己地踮起了脚跟。

卓治由下往上色眯眯地盯着咲世子。黑暗中，只有男人的眼睛在闪光。

2

第二天早上,卓治的早餐很丰盛,咲世子只以一杯奶咖相陪。咲世子喜欢在做爱后的第二天早上聊些亲密的话题,而卓治这时候却总是显得不耐烦。

"芙蓉蛋这玩意儿,在家是绝对不吃的,在酒店的话就会想吃。"

咲世子因为来回都是开车,所以没带替换衣服,色彩简洁明了的长裙固然不坏,可是一大早穿似乎有点过于沉重了。

"画廊的生意还顺利吗?"

卓治眯缝起眼睛说:"今年下半年计划的三个个展都很成功。在不景气的银座的画廊中,只有我们一家利润达到了170%。"

咲世子的脑海里浮现出小个子町枝妈咪的脸,咲世子二十多岁崭露头角时,她就很看好咲世子的版画,而咲世子的第一个个展也是由 MACHIE 画廊主办的。

"那,你得的份儿也应该多了,是不是?"

"是啊,我的收入一半是绩效工资。"

咲世子喝了一口咖啡,问:"你不想自己开画廊吗?"

卓治望着窗外太阳光下那片正在开发的地区。玻璃、不锈钢、水泥块，互不相关地仰面朝天。

"也许是应该考虑了。"

说完后，又有点调皮地看着咲世子的眼睛说："要是我跟你说的话，那不就全传到町枝妈咪的耳朵里去了吗？你今天也要去她那边吃午饭，是吧？"

咲世子点了点头问："那你呢？"

卓治流露出一种不耐烦的神情。

"我的日程是从札幌坐今天下午的航班回东京，不回家看看是不行的。"

卓治的妻子跟咲世子同龄，好像妒忌心也很强，不过，男人说的话不能太当真。很多男人都会有一种错觉，天真地相信老婆对自己一定很迷恋。卓治用一种认真的表情说："不管怎么样，咲世子还是够来劲儿的。还说有什么更年期综合征，不是比以前更敏感了吗？最近是不是有什么好事？有了年轻的情人？"

男人的嗅觉还是很敏锐的，做爱时自己脑子里的确在描绘着德永的双手，咲世子用微笑掩饰了过去。

"秘密。不过，女人跟男人不能比，已经不能跟比自己小二十岁的男人打交道了。"

卓治讪笑着说："是吗？就不说那位町枝妈咪，银座有的是白骨精一样的女人，有的老太婆还跟自己孙子差不多年龄的小伙子做爱呢。像你这样女人味十足的身材，吸引几个年轻男人还是不成问题的。"

咲世子在心中叹了口气,要吸引男人还是简单的,但是一次性的做爱跟永久的相爱就不是一回事了。做一次爱就能把对方全部据为己有,那只不过是男人的妄想而已。自己即使能跟德永在一起,五年后也不知会怎样,互相之间的年龄差距只会看起来更明显。自己五十时,德永正是男性最盛时期,才三十三岁。再过五年,互相之间年龄造成的差距就更不用提了。

"要是有这样年轻的男人,让你受到刺激,也许我们会比现在更激烈。好啊,跟那种男人玩玩,下次告诉我一下玩的滋味。"

咲世子觉得无聊透顶。餐桌对面的男人又说:"你可不能跟町枝妈咪说,我有独立的想法。你告诉她,晚上我会去 Body & Soul 的。"

Body & Soul 和 Night & Day 都是中原町枝开的俱乐部的名字。

"好,好。"

咲世子把这个吃相难看的男人扔在套房里,自己径直走过饭店那透着阳光的走廊去洗手间化妆了。

咲世子跟卓治在出租车站前分手后,开着黑色的 POLO 出了饭店停车场前往银座。最近,为了给报上的连载小说画插图,咲世子在逗子过着足不出户的生活。到银座也是为了顺便买一些想要的东西。画具店和百货商店,两种店里都琳琅满目地摆着自己必须买的和没有必要但是想要的东西。

过了中午,平时空荡荡的POLO车的后备厢里放满了东西。咲世子来到一个名叫"佃"的河边住宅小区,小区隔着隅田川和银座遥遥相对。町枝妈咪每天一到傍晚就坐上由专职的司机开的奔驰,到河对岸的俱乐部去工作。

河边住宅小区是首都圈重新开发的项目,已经林立着近十栋五十层以上的超高层公寓。大楼耸立在隅田川和晴海运河交界处的填海造田地区最顶端,犹如一艘巨大的玻璃船的船头划分了天空和河流。

咲世子将POLO停在了公寓的地下停车场,走向电梯,手里拿着赤坂虎屋的栗子羊羹,这是町枝妈咪最爱吃的点心。咲世子在自动键盘锁上按下了房间号码的四位数后等着人来开门。屏幕上出现了女佣住吉惠的脸。咲世子觉得屏幕上的人脸上皱纹比实际要模糊得多。

"是我,咲世子。早上好。"

双层玻璃门慢慢打开了。咲世子摆正了开衩裙的下角,用没有涂着指甲油的食指按下了能直升到离地面百米左右的电梯的按钮。

到门口来迎接咲世子的是中原町枝本人。客厅正面弯曲的墙上挂着的是咲世子的成名作——"夜空系列"作品中最早的一幅。町枝可谓小巧玲珑,虽已五十五岁,却体形姣好,紧绷在身上的丝绒运动套装,让人看上去顶多三十多岁的样子。对子然一身的咲世子来说,町枝可以说是大姐或母亲一样可以信赖的人。町枝妈咪看了一眼咲世子的黑色长裙。

"哟,是不是卓治昨晚就回来了?"

町枝知道咲世子和卓治的事,一边领头走过走廊一边头也不回地又问:"他在札幌采购顺利吗?"

"好像还行。"

餐桌上已经摆好了早午餐:烤面包、煎鸡蛋,还有一碗放了多种蔬菜的豆酱汤,是不"和"(日本式)不"洋"的搭配。窗下是铁灰色的东京湾。町枝妈咪先端起豆酱汤喝了一口,说:"咲世,你该好好考虑跟三宅的事儿了。那人不仅有老婆和你,还有更年轻的女人呢。"

一下子被触到了痛处。咲世子对卓治的妻子可以说没有丝毫的妒忌心,但是对卓治还有另外一个情人一事,却如鲠在喉。咲世子也喝了一口豆酱汤,几乎不自己动手做菜的咲世子也能喝出这汤的鲜味来,她对着厨房大声说道:"阿惠,豆酱汤味道好极了。"

"别自己骗自己了,咲世,想跟你好的好男人有的是。就连我,在十年前都是随心所欲挑挑拣拣的。"

"想跟你好的好男人有的是",这是在宴会上也经常听到的一句台词,可是几乎整天蜗居在逗子画室里的自己,哪有这种机会啊? 町枝妈咪像是自言自语般地说:"到了这把年纪,我也要好好思量了。我可不想就这样下去,孤零零一人变成老太婆。

以前跟男人分手时还能想,没什么大不了的,马上就能找到一个新的人。"

这正是咲世子不愿意有的念头。

"不过,町枝妈咪有女儿凉子在啊。"

"女儿算什么?结了婚,就是男人的,最近根本就不来看我了。"

午后充满青春气息的阳光照在餐桌上,地板上的光线反弹在天花板上,映出几道波纹。町枝妈咪看着咲世子露在外边的肩头说:"这样的裙子也不是总能穿下去的。不过,咲世,你可是个珍珠型女人呢。"

咲世子不客气地咬了一口烤面包,反问道:"珍珠型女人,什么意思?"

町枝一边在豆酱汤里找切成小块的油豆腐吃,一边回答:"是啊,女人分为两种,光芒四射的钻石型女人和光华内敛的珍珠型女人。男人很容易了解钻石型女人的价值,却很少有人会分辨珍珠的好坏。"

咲世子只是单纯地在想自己首饰盒里的东西,也有一些钻石类,但是都是自己给自己买的奖赏,还从来没有从男人那儿拿到过什么宝石呢。一来是没有跟男人发展到这样的关系,二来咲世子也不是向男人要东西的那种女人。

"钻石型女人能找到幸福,珍珠型女人就找不到幸福了吗?"

町枝妈咪不由得失声笑了出来:"人生哪有这么简单啊?像

我这样既是钻石型,也是珍珠型的女人,也没能轻而易举地就幸福了呢。"

町枝妈咪笑着眯缝起眼睛,看着咲世子:"咲世,你现在有中意的人吧?"

到底是在银座开了两家俱乐部的老板娘,只要是男女之间的事,町枝的整个神经就会十分敏感。咲世子明白自己的脖子都热到发红了。

"没到那个程度。对方要比我小十七岁呢。再说,人家也没把我当女人看。"

町枝把目光转向窗外的东京湾,海面上浮现出皱纹般的波纹,大海也会老的。

"那个,你听我说,咲世,你还很年轻,到了我这个年纪就一定会后悔的。今天才是最重要的,今天永远不会再来,今天肯定比明天要年轻一天。爱情不是这里的弹性……"

中原町枝把放在脸颊上的手移到粉红色衣服的胸前。

"是心灵的弹性。"

咲世子觉得自己真是心肠柔软,对町枝说的话竟也会鼻子发酸,心中正觉得吃惊,一颗泪珠已经落到了餐桌上,同时她也下定了决心,为了特地穿的这身黑色丝绸长裙,今天回家途中去叶山的碧露咖啡吃一顿晚餐,要让德永看看自己穿长裙正装的样子。

"哎,三宅有没有说自己要开新的画廊?"

咲世子用手帕纸抹着眼角的泪水点了点头,有点牛头不对马嘴地回答:"是的,没说什么。"

卓治丢掉了美术评论家这个饭碗后,凭着鉴赏力,替町枝妈咪管起了画廊,可以说,町枝妈咪是卓治的恩人。咲世子转换了话题,添油加醋地聊起了那个笔头慢得要命的恋爱小说作家的事来。

午后,出了超高层公寓,咲世子的车就好像是在和夕阳并驾齐驱,慢慢行驶在湾岸公路上。黑色的POLO驾轻就熟地滑行在像抹了油似的柏油路上。车停在碧露咖啡的停车场时,正是夕阳西下的傍晚五点过后。

穿过白色石灰的过道,走进被海上通红的夕阳笼罩着的店里,德永就在吧台后面。咲世子感到胸口在狂跳。他还是那副困惑的表情。但是这个年轻的侍应生对面坐着一个二十出头的女人。

女人下身穿着一条故意弄破的细腿牛仔裤,上身是一件如奶咖一样颜色的机车族的皮夹克,头上戴着一顶同样颜色的显得有点大的鸭舌帽,帽檐深深地遮到了眼睛部分。虽然看不清正面,但是光从侧脸和气场来看,咲世子也能判断出,这是一个美得不同寻常的女人。

钻石型女人,咲世子想起了刚从町枝妈咪那儿听来的这个词。安娜·莫里娜瑞牌子的丝绸长裙、真丝的开口短上衣,在耀眼的青春和天生的美貌前黯然失色,咲世子转过脸去,从吧台前面走过。

"啊,咲世子女士。"

被德永这么一叫,咲世子只好回过头去。年轻的女人也看着咲世子,这张脸好像在哪儿见过,是个目光炯炯有神的姑娘。

咲世子摆正心态,强作笑颜打了声招呼:"你好,素树君。是你的女朋友吗?好漂亮啊。"

第三章

1

　　吧台后面有一个玻璃罩的柜子,里面摆满了形形色色的酒瓶,看上去像是冻起来的波浪。但是,比起这些反射着灯光的玻璃冰凌,年轻姑娘更加炫目。眼睛里圆圆的眼球一目了然,画着柔和弧线的眼睑下面是炯炯有神的眼睛。鼻梁挺直而纤细,相对来说,嘴唇显得很有肉感,虽然没有化妆,嘴唇却红得如北欧少女一般,下巴是现在年轻人流行的尖尖的、优雅的那种。和咲世子不同的是,脸上也好脖子上也好,根本找不到一条细细的皱纹,皮肤清澄得如同冬天清晨的薄冰。

　　大概有二十三四岁吧,差不多是咲世子年纪的一半。年轻姑娘的目光从鸭舌帽的帽檐下直射过来,这是一张在化妆品和牛仔裤的电视广告上见过的脸,好像最近也常常出现在电视剧里,是叫什么来着? 素树还是那种困惑的表情,隔着吧台对咲世子说:"这位是椎名诺娅,现在是女演员,是吧?"

最后的这句问话带着一种温柔的嘲讽,显出两人之间的亲密关系。诺娅迅速笑了笑,点点头表示同意。咲世子庆幸自己没把短上衣脱下来,在这么漂亮的姑娘面前,可不敢展示自己那松弛了的手臂。素树好像根本就没发现咲世子的动摇,继续说:"那位是内田咲世子女士,是我们店的常客,可是有名的版画家哦。"

咲世子说了声"你好",拼命挤出一副笑脸。诺娅用一种不解的表情问:"版画? 画的是什么样的作品啊?"

被问到工作内容,咲世子这才冷静下来,就连自己都觉得自己表情僵硬了,但是,对这个被问了无数遍的问题,回答自然脱口而出:"就是替书或光盘画封面啦,或者是画报纸连载小说的插图什么的。"

咲世子接着举了一个去年在一片惋惜声中解散的乐队的名字,年轻人基本上是通过那个乐队的光盘封面知道咲世子的版画的。诺娅真是一个天生的演员,惊讶的表情瞬间就转换成了理解的笑容,还轻轻地拍打了一下手。就这些细小的动作,足以使人看得赏心悦目。

"那个男孩的画面,我也很喜欢的。"

"是吗? 谢谢。"

应该是离开这儿的时候了,咲世子可不想把小丑一直当下去。咲世子笑着点点头,向着大厅里面走去,背后的素树像是追赶着似的说:"咲世子女士,您也坐吧台边吧。"

咲世子尽量挺直腰背,不让自己的背看上去有弯曲的感觉,回过头去说:"不啦,不啦。不打搅年轻人说悄悄话了。"

咲世子走下台阶,坐到了能俯瞰大海的阳光房的专座上。自己的背影会不会看上去像一条丧家之犬那样孤单呢? 撤退时动作应该更利落一点。夕阳早已落了下去,残霞仿佛是映在天边的一条彩带,而天空却已笼罩着冷冰冰的藏青色。咲世子透过格子落地窗眺望着大海,想着心事。

这一定是对自己的惩罚,昨晚那么贪婪地跟三宅卓治拥抱交欢,今天却来到碧露咖啡店,想着要让素树看看自己穿长礼裙的样子,想要在年轻男人面前炫耀自己的优点,这种肤浅的念头受到了应有的惩罚。咲世子茫然地眺望着冬天里的大海,冷却着受伤的心灵。

2

那个打工的大学生侍应生西崎来问自己点什么,多嘴的大学生压低声音说:"咲世子女士,看见了吗? 真是太棒了,椎名诺娅到这个店来了。待会儿,去找她签个名。"

咲世子尽量不去看吧台那边,说:"是很漂亮的人,她经常来这儿吗?"

西崎心神不定地交替地看着咲世子和诺娅说:"就是最近,

今天是第三回吧？总是在德永在的时候来。我都想要店长安排我跟德永在一个时间干活了。"

咲世子终于问了一个一直想问的问题："素树君，到底是什么人？"

西崎脑袋里好像只有那个女演员，心里也好像只有吧台那边正在谈笑的两个人，对咲世子的问题似答非答地说："啊，咲世子女士，您不知道，听说德永曾经拍过一些独立影片，得过好几个奖呢，好像还导演过一些电视广告。椎名诺娅的广告好像差不多都是他拍的。"

怪不得两人这么亲热呢。同时咲世子也明白了，素树为什么说想拍自己版画创作过程的纪录片。这天咖啡店的白色石灰墙上放的是佛朗哥·泽菲雷里的《太阳神父月亮修女》，但是声音却被关掉了。这是一部电影专业人士才会选的作品。西崎压低了声音说："听说呀，他离开东京跑到这儿，是因为拍第一部长篇电影时，出了些麻烦。好像是跟制作费有关的丑闻之类的，有些不好听的谣言。具体我也不清楚。你可别跟德永说啊，他看上去可不像是个会做坏事的人呐。"

咲世子在自己四十五年的人生中，已经目睹过多次好人偶尔也会做坏事的场面。在时间的流逝中，在命运转折期，人也容易失控。对还是大学生的西崎来说，这些道理未免太深奥了点。

但是，在肌肤已经失去弹性、胸脯和臀部也逐渐下垂的今天，说自己知道这些理所当然的现实，又有什么可值得夸耀的呢？咲世子寂寥地笑着点了自己想要的东西。

"皇家奶茶，大杯的，还要一个海鲜蛋包饭，饭不要太多。"

新陈代谢能力跟年轻时相比也下降了约三成，即使肚子在唱空城计，只要一吃得饱饱的，马上就会反映到体重上来。咲世子决定不再去想德永是未来的电影导演一事，但是脑子里出现的仍是一系列不着边际的遐想。

处女作的制作资金丑闻、漂亮的著名女演员、富有才华的青年电影导演，不管哪个话题，都可以拍成一部长达两个小时的悬疑电视剧，唯独没有咲世子的戏。一个既不是很漂亮又不是很年轻的、只是小有名气的画插图的版画家，也许当个悬念电视剧开头三十分钟里就被杀害的配角还差不多。

可是，话说回来，玉子①跟王子的写法也差不多。咲世子把银光闪闪的勺子插进端上来的蛋包饭里，半生不熟的鸡蛋即使在当下这种心情中也能让人觉得鲜美无比。

饭后，朝着临海的落地窗，饮着奶茶时，咲世子感到桌边来了人。抬头一看，椎名诺娅站在了自己面前。她取下鸭舌帽，很有礼貌地低头致礼。漂亮的人，就连头发凌乱地落下来的样子都让人觉得美，一头乌发令咲世子这种年龄段的人自惭形秽。

---

①日语中"玉子"两个字意为"鸡蛋"。这里是咲世子安慰自己的说法，安慰自己配角和主角差不多。

诺娅与咲世子四目相对后说:"素树,多亏您的关照了。"

咲世子对这个年轻女演员的直率感到吃惊,直觉告诉自己,这个女孩喜欢素树。咲世子有点慌乱地说:"哪里谈得上照应,反而是我贫血发作倒在这里时,素树他们照顾了我。"

美丽就是一种力量,明知诺娅并没怎么在看自己,但还是感到了诺娅的视线,咲世子不由得想要回避这个眼神。

"不过,素树说,他想拍您的工作情况。他对我,一开始也是这样做的。您是成年人,也许不会有什么问题,但是我还是有点儿在乎。"

咲世子在心中放弃了对素树的幻想,倒不由得对眼前的这个女孩子产生了好感,她的回答也变得异乎寻常的直率:"素树君比我要小十七岁呢,又有你这样漂亮的女朋友,你有什么要担心的呢?"

诺娅一脸认真地说:"以前我们是这种关系,可是现在的关系已经有点说不清了。"

"友达以上,恋人未满?"

咲世子想起以前流行过的一句广告词来。女演员有点怅然若失地点了点头。咲世子也终于轻松起来,说:"男人就是有这种优柔寡断的狡猾之处。以我的经验来看,越是有才华的人,越会这样。"

诺娅突然破颜而笑,这是一张天真无邪的笑脸。笑完了,诺娅把垂到眼前的头发捋进鸭舌帽里,重新戴好帽子说:"我觉得,我跟您能成为朋友。素树有非常出色的才能,他不应该老躲在这种地方。稍微出了点事儿,所以现在变得有点神经过敏,他将来一定能拍出好电影来。内田女士,您也是艺术家,一定能理解我说的这话。您要是看见素树在犹豫不决,请从背后轻轻推他一把吧!就请您帮我这个忙吧,拜托了!"

诺娅说完,刷地低下头行了个礼,就转身走回去了。暗蓝色灯光下的店堂看上去像在海底一般,诺娅所有的动作都是在银幕上常出现的那种,漂亮而又利落,这姑娘天生就是当演员的料子。咲世子明白自己不是她的对手,昨晚的做爱让身体觉得特别懒散,但是心情反而平静下来了。放弃了幻想,反倒觉得素树和诺娅是天生的一对,是人见人爱、忍不住要向他们祝福的一对。咲世子目送着诺娅远去,就像很多女人那样,比起帅哥帅叔们,她们更喜欢欣赏漂亮的女人,咲世子也不例外。

3

喝着凉了的红茶,正想着下一个工作的日程,头顶上响起了一个男人的声音。

"椎名小姐有没有跟您说什么失礼的话?"

抬起头来,素树正用一种困惑的表情俯视着自己。这时她才发现,自己一直在想这张脸像什么人,原来是像格雷高利·派克,那张长长的脸加上一点柔弱,再加上一副困惑的表情,就是眼前的素树,咲世子不由得笑了一笑:"没有。诺娅小姐真是个非常吸引人眼球的女孩呢。我要是男人,就绝不放过她。你可别错过啊。"

素树显得更加难堪起来。

"什么?"

"诺娅小姐说了,素树君是个有才华的人,相信你一定会东山再起。她还恳切地跟我说,如果你需要我的帮助,要我一定助你一臂之力。丝毫没感到有什么坏心啊。"

素树的表情突然变得严肃起来:"那,就请允许我拍摄前天晚上跟您说的纪录片吧!我已经查了些有关您的资料,写了一个大致的草稿。"

如果这么做能使他尽早回到老本行,那就应该义无反顾,咲世子脑子里盘算着日程该怎么安排。

"下个星期的话,年底截稿的作品就基本上画完了,那从下星期三开始吧!我需要准备什么吗?"

白色的衬衣,黑色的蝴蝶领结,咖啡店侍应生的这套行头就好像是为素树定做的,非常合身。年轻的侍应生露出一排整齐的牙齿笑着说:"您不用准备什么。我想利用上午的光线开始拍摄,十点去您家。工作室只要跟平时一样就行,其他什么也不要。您也是平时的打扮就行。"

咲世子故意开玩笑地说:"是啊,人到中年,再化妆、再打扮也是白费劲儿啰。"

素树的表情一下子严肃起来,白色的灯光斜映在他的脸颊上。

"咲世子女士,我可不是这个意思。您今天穿的这身长礼裙就非常漂亮。不过,既然您这么说的话,我就向您提个要求,希望您穿上我头一次见到您时的黑色毛衣和黑色牛仔裤。"

咲世子一时无言以对,只好点点头。素树的每句话都以一种时差渗进心坎,这是一股温软的南来风,足以搅乱宁静的心灵世界。

"明白了。不过,我可不会像诺娅小姐那样,可以让画面充满动人的魅力哦。"

这次轮到素树笑出声了:"真是这样吗?我就喜欢拍摄没有发现自己魅力的人。拍摄诺娅的时候也是这样,咲世子女士也一样啊。"

素树把当红的女明星和已经进入更年期的自己一视同仁,咲世子感到全身发热,充满了喜悦,但仍然口是心非地说:"素树,还真看不出,你不仅会拍片,还有俱乐部男招待的才能啊。把话说得这么甜,是想让中年女人为难吗?"

"我说的是恭维话,还是心里话,您应该知道吧?"

素树又是一副困惑的表情,眼神也变得尖锐起来了。咲世子突然发现素树和诺娅很像,不知道是不是因为两个人都很年轻。但是,有一点是肯定的,两人都有一种坦然,这种坦然让自己感到尴尬。自己身体里已经积累了太多多余的人生经验，所以这种坦然的感情流露，让人既感到慌乱，又深深地为之所吸引。

素树不等她回话就走开了，白如船帆的背影让咲世子感到了和年轻女明星一样的力量。咲世子目送着这个年轻男人远去，直到他消失在通往厨房的门里。

走到夜晚的停车场，坐上黑色的POLO，"咔嚓"一声刚把安全带系好，车里响起了《黑色魔女》的彩铃声。咲世子打开手机。

"喂，咲世子吗？是我。"

是上午才分手的三宅卓治。每次做完爱，总是对她爱搭不理的卓治，当天就打电话来，这有点让咲世子感到意外。

"哟，怎么啦？"

"出了点儿麻烦，我想，还是给你一个警告比较好。"

警告？咲世子的第一个反应是想当然的："是你太太知道了昨天的事了吗？"

电话里，卓治的声音夹杂着噪音，听起来比平时粗暴得多。

"不是，要是让太太知道了，还容易对付。你也知道吧？我除了你，还有个女人。"

喜欢拈花惹草的卓治除了与自己年龄相近的咲世子，还有个更年轻的情妇，好像是哪个美术馆的策展人。

"那人怎么啦？"

"那女人叫福崎亚由美,她把信送到了我家里,是邮票也没贴的信。"

咲世子觉得脊梁上滑过了一阵寒意,并不只是因为车椅的皮革太凉。

"就是说,那个人直接把信送到了你家的公寓。"

"是的。倒霉的是,最早发现这封信的是我太太,她念了信。信上写着:快让你老公自由吧!还说什么,我爱的就是她一个人,跟咲世子的关系不过是逢场作戏,跟老婆的关系不过是为了体面。那女人本来就有点儿精神不正常,现在更是没治了。"

咲世子对卓治很生气。他怎么能这么毫无同情心地把信上的内容告诉自己呢?本来是他自己不满足于一个情人,到处拈花惹草,现在引火烧身,才有了这样一个结果。

"自作自受!"

"就算是吧!但是,亚由美知道你的事,所以我想给你一个忠告,你也要当心啊。我家现在已经成了地狱,可能不能马上跟你见面了。"

"知道了。"

咲世子关上手机,伏在方向盘上,正心满意足要回家时,却接到了这么一个电话,好心情荡然无存。如果那个头脑发热的美术馆策展人的嫉妒是冲着卓治太太去的,她是能理解的,可是自己也不过是卓治的情人而已,这个名叫亚由美的女人又能对自己做出什么事来呢?

咲世子打开引擎,用力踩下油门,就好像要把这个令人讨厌的话题抛到车后去似的,加速离开了碧露咖啡的停车场。

4

十二月的第一个星期,咲世子完全投入到工作中了,画了许多张即兴素描,削铜版,再用压印机印制,其中有几幅作品的灵感来自椎名诺娅的形象。

看到那么美妙的脸,是不能不画的。咲世子的版画并不是需要花很长时间去精心制作的艺术品,而是有明显目的和截稿期限的商业性美术作品,所以只要眼前有什么令人耳目一新的素材,马上就会成为作品的一部分。咲世子就是这样赶在截稿期前完成一个又一个作品的。

并不是自满,也不是太过自信,咲世子当了二十年的版画家,也特别喜欢自己的工作。从这点上来说,咲世子觉得自己比起其他众多女性要幸福得多。虽然她已经失去了生育的机会,也许不会再有什么美满的婚姻,但是她有自己喜欢的工作,也不用去向男人献媚,而且多多少少能凭自己的本事过上比较体面的生活。今后的人生也许就这样定型了,但对自己来说,这样的人生也不坏。

到了和素树约好的星期三,除了要确认色彩的校稿,咲世子完成了年内所有的工作。糟糕的是这天一大早就开始下起阴冷的雨。但是，咲世子的心情很好，一年三百六十五天，作为一个总是在赶着完成各种定稿的画家，一年当中也就是现在这段时间有个喘息的机会。

咲世子起了个大早，开始打扫工作室。按照素树说的那样，东西都不动，就是工作时的那样，但是清扫灰尘、用除尘器拖地板、擦窗，都是必须干的。那些看上去很干净的玻璃窗，用布擦拭后才发现布变黑了。看见黑乎乎的抹布，竟觉得它就好像是自己一样，咲世子不禁感到好笑。咲世子突然想起了卓治。打那以后就一直没有联系，大概家庭纠纷已经趋于平息了吧？

那条阿富汗猎犬保罗把脑袋蹭到擦得锃亮如冰块的玻璃窗上，在窗上留下了一个很不错的鼻痕。咲世子将这个鼻痕留在了窗上。铜版画亦是如此，其实，这世上很多人并不喜欢完美无缺的东西，而是喜欢在完美无缺的东西上留下一个可爱的瑕疵，好像这才是被人欣赏的秘诀，这也是咲世子从人生经历上得来的一条重要经验。

上午十点差五分，咲世子穿上洗干净的黑色毛衣和黑色牛仔裤，等着素树到来。膝盖下有点儿呈倒喇叭形的牛仔裤，只要弯曲脚，就会出现褶皱，所以，咲世子干脆不坐，只在客厅里走动。

干惯了拍片工作的素树准时赴约，就在墙上挂钟指向十点时，门铃响了。咲世子做了个深呼吸后，走向门口，打开没有漆过的木头门。

"请进，不用脱鞋，穿着鞋进来，没事。"

披露山的这个家，是曾经追求时尚生活的父亲的遗产。父亲在制药公司爬到了专务董事的地位，却因败于派系纠纷，没能当上公司的社长。在事业方面他是个无可挑剔的人，但是性格略微软弱了点儿，这是父亲去世后，母亲对父亲做的评价。这栋房子在当年可以说是比较少见的用进口材料建造的住宅。

"您早。这是掉在门口地毯上的。"

素树把一个信封交给咲世子，这种尺寸比较大的信封是进口货，只有在大型文具店伊东屋才能买到。信封的表面只用紫色墨水写着"内田咲世子"，也没有敬称。这是一封没有贴邮票的信。咲世子想起了卓治在电话里说的事，终于发生了，就在今天早上，卓治的另一个情妇来过了。咲世子脊梁骨上透过一股寒气，但是表面上却装作没事的样子接过信，把信藏到身后，将第一次到访的客人迎进了屋里。

素树就好像要去远征的体育选手一样，背了一个硕大的帆布马桶包。他穿着牛仔裤加一仵白色衬衫，外着一件深绿色的夹克衫。衣服看上去都不是什么特别高档的东西，但是都很得体地穿在他身上。有些人，即使不是很追求时尚，也能和衣服合为一体。素树也一定是属于这种被衣服所偏爱的人吧！

保罗小心地凑近客人脚边，嗅着短筒皮靴和牛仔裤的气味。

"这狗叫什么名字?"

咲世子一边引领着素树穿过客厅一边回答:"保罗。你知道那个叫保罗·克利的画家吗?"

素树顺口就说:"知道,就是那个瑞士画家吧? 他的作品有《前往帕那苏斯山》《丢三落四的天使》。"

咲世子在客厅中间停住脚步,回头看了看素树,这个年轻人总是给人带来惊喜。

"保罗小的时候跟那个画里的粗心大意的天使很像,在那块毯子上……"

咲世子指了指朝着大海方向的木头窗框,圆圆的地毯已经破得不像样子了。

"淌着口水睡得香喷喷的样子。"

见咲世子看着素树,保罗凭着猎犬的本能用尖尖的鼻子去捅素树的胯下。

"保罗,停! 不过这条狗不是丢三落四,就是单纯的笨而已。"

素树摸着保罗的脑袋,慢慢地环视着房间里的布局。可称作家具的只有一组餐桌椅和一张沙发,厚厚的松木地板配着白色石灰墙,使房间看起来有点起色的是一个圆鼓鼓的烧柴火炉和一面朝南临海的落地窗。

液晶电视因为占地方,所以选了个最小尺寸的。房间里的主色调是不同层次的咖啡色和白色,咖啡色也就是泥土、枯叶、木头和狗的颜色,这是咲世子除黑色以外喜欢的自然色调。

"这个客厅真不错。您的工作室在哪儿?"

咲世子打开门,把素树带进朝北的画室。保罗也想跟着进来,却吃了个闭门羹。静静的雨点声充斥着工作室,这个房间跟客厅相比,显得东西很多。房间的正中间是一张大大的工作台,屋里还有放满了画集的书架,用来烘铜版的加热器,巨大的转盘和带磙子的压印机,四角圆圆的大理石调色板、铜版和印刷用纸被放在专用的架子上。

工作室里所有的东西都久经使用并且按照咲世子的习惯放得井然有序。虽然所有的东西几乎都被油墨弄得脏兮兮的,但是,跟新买的东西比起来,更有一种"久经沙场"的感觉,令人觉得可靠。素树闻到一股油墨味儿,说:"啊,就是这股味儿,我在把您抱起来的时候就闻到这股味儿,原来是油墨味儿啊。"

谈别人身上的气味儿,包含着一层情欲的意思,而年轻的素树好像满不在乎地在说着。他把马桶包轻轻地放到地板上,笑着说:"我喜欢这种气味儿,比香水什么的要好闻多了。"

油墨罐就堆放在房间角落里的旧报纸上,听素树说这样的东西比价格高出数百倍的香水要好闻,咲世子感到有点难为情,就转了个话题。她指了指朝北的天窗,跟房间宽度一样大的天窗在雨中变成斑斑点点的灰色。

"今天虽然天气不太好,可是这个北窗对创作作品来说是很理想的,光线总是固定的,不会因为时间不同而改变色彩和光亮。"

素树打开马桶包,开始往外取摄影器材,有三脚架、照明灯、录像机、加长电线,他蹲着回答说:"我明白,朝北的天空对摄影来说也是最合适的。朝南的天空射过来的光线会因空中的灰尘而四面反射,使蓝色变得混浊。但是,话说回来,清澄的天空本身也是由四处逃散的光线形成的。不知为什么,四处逃散的东西会给人带来一种说不清的吸引力,就好像那种老也看不腻的肥皂剧。"

素树是搞电影的,自然对光线和色彩很敏感。脱了夹克衫,素树挽起袖口说:"对不起,借用一下您的电源插座。今天不拍版画的制作过程,而是直接听听您本人的事情。有人觉得评价一个画家只要看作品就可以了,我觉得了解画家本人的个性也是很重要的。"

在素树把插头插进墙脚下的插座时,咲世子瞥见素树的手臂上坚硬的肌肉线条。在素树把头抬起前,咲世子赶紧转过目光,她觉得自己就好像是个偷窥者。而素树仍然高高兴兴地在说:"当然,有很多作家呀演员呀,他们的个性还是不知道为好。"

场景布置一切从简,工作台正面的三脚架上,放着一架小型数码摄影机。右边的白色墙前放了一个落地灯。耀眼的灯光经过白色石灰墙的反射,变得柔和起来。

"不好意思。"

素树说着,将一只粉红色的麦克风用夹子别到咲世子胸前。

第一次感受到了近乎零距离的接触,咲世子暗自担心自己的心跳是不是让素树听去了。素树在三脚架旁边放了一张木头圆椅子,浅浅地坐下后说:"我这儿随时可以开始。咲世子女士,请自然一点儿,就像在咖啡店聊天那样,不要紧张。请先说一下您的名字和职业。然后,我再向您提问题,请您想到什么说什么。行了吗?好,那就开始。五、四、三……"

接着,素树就在摄影机边上弯曲了一下手指,在做了一个表示"零"的手势后,素树把五根手指像盛开的花瓣一样伸过来,咲世子不由倒吸了一口气,开口说:"内田咲世子,职业版画家,已经有二十年的经验了。"

素树就像是在鼓励咲世子说下去一样用力点着头,然后把视线落到手中的笔记上,问:"听说,内田女士学生时期的绰号是'黑色咲世子'。能不能请您谈谈这个绰号的由来?"

没想到素树还去查了这种小事。一定是读了版画的专业杂志上的采访了吧?这种积极评价式的提问能给受访者带来惊喜,咲世子对素树的采访能力由衷地感到了钦佩。

"你调查得真仔细。这跟我总是穿黑色衣服有关系。在美大读书时,没有钱去买新的衣服,即使买了新的衣服,也马上就会被油墨弄脏,所以我就只买黑色的衣服了。那已经是二十多年前的事了。"

素树边听边点头,仿佛在说:就这么说下去。接着他又问:"您最早是从几岁开始想当版画家的?"

这是一个驾轻就熟的问题,咲世子几乎是不假思索地就回答:"从上托儿所起,我就开始画画,而且一画就是好几个小时。在同年龄的孩子当中,我画画是最好的。所以,我就想,将来长大了当个画家。我最早这么想,大概是在三岁的时候吧!"

　　从那以来已经过了四十二年了,自己始终过着同样的生活。画得好的时候会高兴得手舞足蹈;画得不满意的时候,又会觉得自己毫无才华可言。如此反复循环,自己也画得越来越好了。艺术伴随自己的人生,形影不离,咲世子对此不能不感到惊讶。

　　"那已经是很久以前的事了吧?那,您回顾自己的前半生有什么体会呢?"

　　不知为什么,自己在素树面前变得这么纯真,别看他才二十多岁,却好像有一个能接受所有东西的心灵世界。咲世子看着小小的镜头开始概括起来:"当然有好有坏。比如说,变成了一个跟高级香水无缘的女人,手被油墨弄得这么粗糙。同时,我又很喜欢这种生活方式,如果上帝再让我选择一次人生,我可能还会选择同样的人生之路。即使会孤独到难以入睡,即使在截稿期前想当逃兵,可是一旦印出一张满意的画来,就会觉得很值得,所有的烦恼都给抛到脑后去了。"

　　素树一边在笔记本上记着,一边看了一眼摄影机。

　　"咲世子女士的版画差不多都是用层次丰富的黑色和垫底的白纸组成的,黑色对您来说,是什么样的颜色呢?"

　　"是能画出这个世界上所有东西的颜色。黑色不仅能区分物体和光线的层次,还是唯一能表现出事物的深层内涵和人的心灵深处的颜色。就像不能选择其他的人生一样,对我来说,没有选择其他颜色的余地。"

雨声,不知什么时候停了。咲世子抬头看了看天窗,湿淋淋的玻璃窗上落着细细的雪花。素树也抬起头来,说:"看来,今天是个下雪的日子。"

咲世子也不顾摄影机还开着,说:"这个庭院住宅小区前有一个公园,披露山暮雪还是逗子八景之一呢。拍完了,我们也去看看吧!要是简单的午餐也可以的话,那附近有个咖啡店。"

素树好像也很感兴趣,说:"太好了,摄影就是要利用时机,这样才能拍出好的画面来。再采访三十分钟左右,我们就在适当的时候关机,然后换个地方再拍吧!"

咲世子有点吃惊:"你是说要在雪中拍摄吗?"

"当然。"

就像自己能连着画上几小时,素树也是一个不管情况如何都能不断拍下去的摄影师。能和素树一起俯瞰被乌云和雪花染成灰色的相模湾,这可是个求之不得的机会啊。咲世子突然想起了椎名诺娅那对炯炯有神的眼睛,不过,现在不是去考虑这个年轻女演员的时候,反正自己是配不上素树的,也不是要谈恋爱,去看看少有的雪景,应该也不是什么大问题。

"好吧。那,你快问问题。我现在正在兴头上呢。"

在暖融融的房间里,接受一个真诚地希望了解自己的男人的采访,还有比这更令人愉快的吗?咲世子有种微醉的感觉,脸上泛着红光,打开心扉,等着一个比自己小十七岁的青年的提问。

第四章

1

采访结束后，两人开始做出门的准备。说是准备，咲世子也不过是在工作服上加一件长大衣和一块厚厚的披肩。素树则穿上了刚才脱下的深绿色羽绒夹克衫，把摄影机等器材背到肩上。

两人去的既不是东京市中心的高级大饭店，也不是高级餐厅，而是离咲世子住处不远的披露山山顶公园。大概是觉察出主人要出门，保罗开始在咲世子脚跟前来回转着。

"这孩子该怎么办呢？"

素树笑着说："带着一块儿去吧，不会乱叫吧？咲世子女士个子高，身材又好，和这条猎犬相映成画呢。"

咲世子也笑了，这句话的前半句有点讨巧，最后部分大概是真心话吧。素树跟自己一样也是高个子，也能相映成画，这个人很会利用现有的东西。给大门上了锁，两人走向停车场。咲世子的黑色 POLO 旁边停着一辆没见过的车，这是一辆老式的大众"甲壳虫",淡蓝色的车身一眼就能看出是个外行人刷的,有些地方还留着刷痕。

"这车,是你的吗?虽说是同一个厂家,差了二十年,变化真大呀。"

在采访中,咲世子谨慎地回避着年龄问题,但是此刻说漏了嘴。咲世子有点慌乱地说:"我并没有说这是老爷车的意思。"

"啊,这车是一位朋友给我的,我请他吃一顿午饭,他就给了我这车。那家伙当时连扔车的钱都没了。"

素树根本不去理会咲世子的窘相,而是转过身去拍摄雪中的住宅,白色的外墙上的柱子被刷成了蓝灰色,窗框也是同样的颜色。父母亲去世后,咲世子就只用清漆来刷墙,虽说只刷了外墙,但是房子看上去焕然一新。

"这房子跟您周围的东西一样,越旧越有味儿。您工作室里的那些工具也真不错,工作台啦,压印机啦,油墨的调色板啦……哎,我们坐哪辆车?"

咲世子打开了自己的POLO说:"这车暖气足,还是坐我的车去吧!"

门一打开,保罗就抢在两人前头上了车,坐在副驾驶座上,用一种充满期待的目光看着咲世子。

"保罗,今天你坐后面。"

咲世子把手一挥,保罗就乖乖地翻过身跳到后座去了,不停地在拍摄的素树说:"好像是在拍动物故事一样,这可是保罗的专座啊,我坐,行吗?"

"当然可以。"

咲世子一边系着安全带一边想,已经有半年没男人坐这车了,上一次坐这车的是一个美术杂志的编辑,特地从东京跑来采访自己,而没有工作关系的男人最后一次坐自己的车到底是什么时候呢?

咲世子用脚尖碰到了油门,深深地踩了下去,将车开到了住宅小区铺设得很好的小路上。

这湘南一带的雪,虽说已经下了一会儿,可到山顶的路只是被黑黑地淋湿而已。在风中飞舞的雪花,瞬间失去了白色,无影无踪。素树就好像是第一次玩父母给新买的摄影机的孩子,在车上不断地拍着。拍在开车的咲世子的侧脸,拍保罗把长长的鼻子顶在窗玻璃上使窗玻璃起了一层雾的场景,拍横扫着飞舞的雪花的刮板,一副兴高采烈的样子。

"跟我的'甲壳虫'到底不一样,只二十年,汽车业的进步真大。"

素树把手按在米黄色的皮奇上。虽说车的用途是一样的,但是样式不断地在翻新,什么更好的舒适感啦,时尚的款式啦,咲世子对眼前这个比自己小十七岁的青年突然产生了一种嫉妒。

"人也是一样的,最近的年轻人一个个身材又好,长得又漂亮,审美也好。这在画插图的行业里也一样,我们那时拼命去学、去模仿的东西,现在的年轻人可以说是与生俱来。依我看,上帝真是有点不公平。"

素树把摄影机清澈的镜头对着咲世子,看着取景器说:"咲世子女士您有这种想法,我倒觉得有点不可思议。看了这部纪录片的女孩子们肯定会羡慕您的生活方式的。"

咲世子对素树的话既感到高兴,又感到其中有自己所不能理解的东西,真的会有人对自己的生活方式羡慕吗?

"是因为我是版画家吗?或者用个难以开口的词来说,是因为我是个艺术家吗?"

尽管被人称作艺术家,女人孑然一身,年龄徒增毕竟不是什么好事,这也许是人生正在走上坡路的素树难以理解的。虽然从创作的角度来说,咲世子相信自己还大有前途,但是作为一个女人,她早已经开始走下坡路了。如果不是这样,为什么又总是会苦于失眠呀潮热盗汗等症状呢?这个年轻人听说过更年期综合征这个词吗?咲世子转过脸去凝视着镜头。素树静静地说:"当然,也有这些在里面,不过这些一定不会是您的全部吧?您还有创作版画的工作、良好的生活环境、坚强的意志。我还没有问您恋爱的经历,一定也有很多动人的故事吧?简单地说吧,您让人觉得您的人生非常充实。"

仿佛是在听人谈一个住在别的星球上的人,自己到处碰壁、撞得头破血流的人生,跟那些时尚丽人杂志上登的"美丽人生"

相差了十万八千里。自己在恋爱方面也是不成功的,在四十五年的人生当中,能觉得自己是被爱的仅仅就是那么两三次,就连这两三次也很可能不过是自己的错觉而已。

咲世子把车停到了空旷的停车场,虽说都是对同一个人的看法,可别人从外表看的和自己内心想的,竟然会截然不同,这是为什么呢?

"好,下车吧。这儿就是这一带风景最宜人的地方,也许会成为你的作品中的一个高潮呢。"

打开车门,抢在前头下车的又是保罗,它就好像是一支咖啡色的箭一样,从雪中的停车场直奔披露山公园的登山口。人要是也能这样向着人生的目标头也不回地疾驰而去,该多幸福啊!

咲世子尽量不让素树听见,轻轻地叹了一口气,下了黑色魔女车。

2

慢慢地走上坡道,右边就能看见一幢像山上简易小屋似的休息处,里面有小卖部和喝咖啡的地方。披露山顶差不多是圆形的,四周都是染井吉野品种的樱花树,树枝在寒风中瑟瑟发抖。保罗穿过空无一人的广场,扑向圆圆的栏杆,看着挤在一起取暖的猴群,伸出了舌头。猴群吐出的白色气息就像室外温泉的白雾。

"就是这儿,从这儿看到的景观就是逗子八景之一。"

咲世子走过用水泥筑起来的瞭望台,下到矮一截的草地上,扶手栏杆仅到腰部,这儿就是面向大海的山顶尽头。眼前是一片无垠无际的景色,明亮而又带着灰色的云层下是深灰色的相模湾。也许是气温不够低,雪花也显得很轻柔,悠然而又密密麻麻地飘落下来,就好像是用细细的点彩法装饰了眼前的世界。要是用版画来表现眼下的情景,得把铜版削上几万次才行。天空和大海都被雪花点缀得好像深不可测,俨然就是一幅作品。咲世子回过头去说:"一下雪,就安静了,是不是雪在空中把所有的声音都给吸走了呢? 给人一种世界末日的感觉。这儿是我最喜欢的地方,而且,被选为逗子八景的又是现在十二月的雪景,这两年都没下雪,一直没机会欣赏雪景呢。"

素树摆好架势,端起摄影机说:"真的,好像这世界上只剩下两个幸存者了。"

咲世子递给他一个淘气的笑脸:"那真对不起你了,唯一的同伴还是一个上了年纪的中年女人。"

素树从摄影机的取景器上抬起头来,面带愠色地说:"这种笑话可不像您说的,也许觉得幸运的反而是我呢。"

这是句能使冻僵了的身体里燃起火的话。虽然两人之间只隔了几米,但是无数的雪花在两人之间飞舞着,隔断了互相的来往。可不能因为这句话有什么非分之想，素树要比自己小十七岁呢，咲世子努力使自己冷静下来，转了个话题："我听说了一些关于你的事。"

素树又把视线移向镜头，弯曲了一只膝盖，半蹲着说："是西崎君说的吧？"

咲世子点了点头，冰凉的立领碰到了脸颊："是西崎君和那个漂亮的姑娘说的。"

素树满不在乎地说："是诺娅吗？大家都把我捧得太高，我其实根本不算什么，只拍过一些独立制作的短片和广告而已。电影界里有的是才华横溢、大有前途的年轻导演。没有人会在乎这样的形容词，和您这样真正的职业画家有天壤之别。"

这次轮到咲世子来鼓励素树了，不知为什么两个人在一起，总是说着一些鼓励对方的话。

"不过，你不是拍了部长电影吗？听西崎说，诺娅能当上明星是因为素树拍得好。诺娅也直接托我了。"

素树好像已经没有拍咲世子的兴趣了，把镜头转向灰色的天空和漫天飞舞的雪花，天空就像是一个充斥了空气的固体，雪花在表达天空的深度。素树默不作声，咲世子却有点兴奋了："你还年轻，我不知道发生了什么事情，不过你一定能东山再起的。别再躲着当什么侍应生了，你应该把镜头对准自己真正想拍的东西。"

素树动了动宽宽的肩头，回过头来，把摄影机对准了咲世子，慢慢地移近，直到伸手可触摸的距离，镜头对着咲世子不再离开。自己的脸一定跟画面同样大小，眼角和嘴角的皱纹叫咲世子坐立不安。素树看着取景器说："谢谢您的忠告，我终有一天会回到东京去的，也打算重操旧业。但是，现在我想拍的是您，咲世子女士。我这几个月摆弄摄影机，都是为了逃避现实。不过，现在不同，没有任何理由，我在拍自己喜欢的人。"

夹着雨雪的风从山的斜面吹过来，吹乱了咲世子的头发。咲世子刚想动，素树的手已经伸了过来，把掉在她额头前的头发捋回到后面去了。手丝毫没触到脸颊，只把细细的头发捋了回去。这个人的手指不光修长好看，而且非常灵活、敏感。咲世子从那一小撮头发当中感到了如火一般的热。

"所以，这几个星期，就让我拍您的故事，也算是我在进行康复治疗。到时候，我一定会重新回去拍电影的。当然，为此，我还得解决一些令人棘手的事情。"

咲世子茫然地看着素树，嘴唇微开，完全是一种毫不设防的表情。让一个跟自己毫无关系的人看到自己这副样子，一定是疯了。咲世子两手抓住了衣领。

"明白了。既然你这么说，那我也尽可能跟你合作。不过，拜托，拍得精彩点，我的亮点也只有铜版画而已……"

刚想说"中年女人"，又改口说："我最讨厌被拍成什么中年女艺术家。我也尽量把自己最精彩的地方表现出来。你呢，也多找找我的优点。"

素树弯起背,把摄影机放到跟咲世子脸部持平的位置,然后抬起头来,纯朴地笑了笑,这是一种令人透彻心扉的危险的笑容。

"您就放心,这对我来说是轻而易举的事。只要自自然然地拍眼前的人就行了。我一直擅长拍摄女性,今天拍的东西中,也有好多场面马上就能拿来做海报呢。"

这个人对自己用利剑设的种种防线无动于衷,年轻男人的坦然让咲世子感到了危险。当然,危险的不是对方,而是自己的心,这颗心已经被吸引到了利剑马上就能刺中的距离。咲世子像是要斩断什么似的说:"我快冻僵了,去喝杯咖啡吧! 时间早了点儿,一起吃午饭怎么样?"

"好。不过,您把保罗叫来,我最后想拍您和保罗一起在雪中的情景。"

素树倒退了几步,再次举起摄影机。咲世子叫道:"保罗,快回来!"

那条雄性阿富汗猎犬一步一步地缩短大地的距离跑回主人身边。到底是因为雪在狂欢呢,还是因为那些猴子们而高兴呢?保罗兴奋地甩着尾巴,用前腿扑抓着咲世子的黑色牛仔裤。保罗平时也经常做这样的动作,可偏不巧,咲世子站在冰雪半融不化的草地斜坡上。

"啊!"咲世子叫了一声,一屁股坐到了地上。保罗更高兴了,乘势把咲世子推倒在地,用舌头舔起了咲世子的脸。

"快停！保罗，不许这样。"

什么地方响起了男人的笑声，素树在拍咲世子和保罗在雪地上嬉闹的场面。他把一个膝盖支在地上，将摄影机摆得低低的，同时在笑。咲世子觉得自己是头一次听到素树的笑声。这笑声对咲世子来说相当危险，因为她觉得自己已经想把这笑声一直听下去了。素树用柔和的语气说："待会儿我会救您的，不过现在就这么躺着，朝我这边看。可能的话，最好大笑。嗯，笑到能让人看到您的喉咙口。"

咲世子也不由地开起玩笑来："我可不是演员，没这么高超的功夫。不过，可以试试。反正，这样的事一生也就一次吧？"

说着，咲世子把目光盯到镜头上，笑了。灰色的天空中，雪花簌簌飘落而下，愚笨的雄狗喷着白色的热气，咲世子的脸颊碰到地面上，感觉有些湿润又有些冰冷。年轻而富有才华的青年要把自己的这一瞬间永久地留在镜头里。

太完美了，咲世子想，我现在躺在一个完美无缺的时间里，也许这才是真正的生命，我不想离开这个地方，也不想跟任何一个自以为幸福的女人对换。这么想着，不知不觉她有点想哭了。

素树站起来，走到咲世子身边，伸出手来拉她起来："您的表情真棒。您还是有和别人不同的地方，诺娅最近才刚能做出您这样的表情。看来，女人的人生阅历也很重要。"

咲世子抓住男人热乎乎的手，站了起来。男人到底是男人，看上去瘦的人也很有力气。素树弯下一条腿，替咲世子拍打沾在大衣后面的白雪和枯草。

"谢谢赞美,不过,真有那么好的表情吗?"

素树点了点头,嘴角的一端微微往上翘了翘:"真的,我差点以为,您是真的喜欢我呢。我可以保证,看了这个镜头的人一定会这么认为的。咲世子女士,什么时候也到我的电影里当演员吧?"

说着,他轻轻地笑了。雪花飞舞的氛围中,只有素树的笑声在回响。

"你就是这么来打动女人的心的吗? 拍电影就免了吧,不过,你请我喝一杯热奶咖,我请你吃午饭吧?"

咲世子抑制住心跳,率先走出了冰雪中的广场。

3

在咖啡店吃完了午餐,两个人又一起回到了工作室。两个人之间的距离缩短了许多,但是整个下午并没有出现在雪中公园时那样的戏剧性场面,只是平平淡淡地拍摄了制作铜版画的过程。男人说,要在天黑前回去。

咲世子不想这么快结束愉快的时间,对正在收拾的素树说:"就要到吃晚饭的时间了,吃了再走吧? 只做一些简单的东西。"

素树摇了摇头说:"对不起,我已经在这儿待了很长时间。

晚上还要去碧露咖啡干活呢。头一次上门拍摄,不能太过分。"

送到门口时,素树点头致礼:"谢谢您。"

"看你说的,不用客气。"

咲世子摆了摆手,素树抬起头来,眼神里亮着一道奇怪的光。他身后是冬日里阴沉沉的昏暗的天空,雪已经停了,这是一种恋恋不舍、踌躇不前的目光。咲世子无言地歪着头,等男人说什么。素树只是浅浅地笑了笑:"不,没什么。那,改天见。"

"改天见。"

咲世子目送着素树的淡蓝色"甲壳虫"发出巨大的马达声开出庭院住宅小区。雪停了,素树走了,整个世界一下子又回到了冰冷潮湿、泥泞不堪的状态。

咲世子懒得做一人份的意大利面条,再加上紧张和兴奋,一点儿也没有食欲。她翻了翻冰箱里的食物,用生火腿、奶酪、生菜随便地做了三明治。她连听音乐的心情也没有,一个人坐在厨房的椅子上胡乱地吃完了晚餐。

咲世子开始在浴缸里放热水准备洗澡,时间还只是天刚黑的六点多。正要脱牛仔裤,她突然发现后裤袋里有异样的感觉,把手放进去摸了一下,才想起这是自己的情人画商三宅卓治的另一个情妇给自己的信。信封上既没有写住址也没贴邮票,信是直接放到自己家门口来的。咲世子打开了只写着自己名字的大大的进口信封。信纸跟信封是成套的,也是淡淡的奶黄色,上面歪歪扭扭地写满了字。

卓治曾经对我说过,你和你的版画一样,毫无修养,毋宁说只有性欲。你用你的身体迷惑他,请停止这种无耻的行为吧!对他来说,你也是个包袱。他说了,要跟太太分手,跟我一起生活。你还有其他与你做爱的男人,不是吗?就喜欢男人,像那个咖啡店的侍应生什么的。像你这样的母狗,根本配不上卓治。毫无羞耻心的老太婆,快滚!

念着信,咲世子起初因激怒而战栗,可念到中间部分,发现文章的语气变得卑鄙不堪,她突然感到了恐惧。字虽歪歪扭扭,可大小倒是没什么变化,反而令人觉得是字在纸上发出怒吼。

咲世子拼命回忆着卓治告诉自己的那个女人的名字,好像是叫福崎亚由美。美术界里不乏这种古怪的人物,总是会冷不丁地冒出个爱闹事的人来。

又重新念了一遍信,咲世子气得手也抖起来了,抓起手机,这种时候是没什么好心情泡澡的。找到卓治的号码,她烦躁地按了号码键。也许他正在谈生意,但是咲世子已经没有多余的心情去为对方考虑了,自己完美的一天,被他搅得一团糟。咲世子一肚子气没处发。

"喂。"

可能是在MACHIE画廊里,卓治把声音压得低低的。

"喂,我问你,你到底干了什么?"

咲世子的火气好像让那个年长她三岁的男人也有点吃惊了,卓治用一种安慰的语气说:"到底发生了什么事?"

"还什么事,你的另一个什么情妇直接给我送了一封信!"

"是吗?……"

咲世子忍无可忍,对自己跟这个男人发生肉体关系生气,也对以此来安慰孤独心灵的自己感到怒不可遏。

"要不要我都念给你听听?你真的对那女人说,我是个毫无修养,毋宁说只有性欲的女人吗?你在年轻女人面前,把我们俩的事就说得那么下流吗?那全是我想做的,而对你来说只是一个负担吗?"

说到这里,她拿手机的手也因愤怒而战栗了。卓治叹了几口气后说:"等等,咲世子,我怎么会这么说你的事呢?兴许私房话里添油加醋地说过些什么,但并没有什么恶意的。你知道,我也是个喜欢开玩笑的人嘛。亚由美那女人有点不正常,突然会哭哭啼啼,又突然会嘻嘻哈哈的,很会胡闹。给你的还是第一封信吧?我家里可是每天一封,家庭已经快要玩完啦。"

咲世子倒没有产生幸灾乐祸的心情,她本来就不会诅咒别人,也希望卓治能过得幸福。

"不能跟亚由美单位里的上司谈这件事吗?这可不像个好好做工作的人能干出来的事。"

卓治愤愤地说:"真遗憾,我也联系过了。据说那女人给美术馆打了个电话,突然辞了工作,连白金的公寓也给退了。现在是下落不明啊!她娘家好像是山阴那边的有钱人家,本来工资也就是拿来玩的,生活费好像都是娘家寄来的,也许现在住在什么酒店里吧?"

咲世子脑子里浮现出一个娇生惯养、被彻底宠坏了的女孩子形象。这个年轻的美术馆策展人知识可能挺丰富,但没有什么恋爱经验。咲世子失望至极地问:"她多大了?"

"好像二十八吧?"

跟素树一样的年纪,咲世子倒吸了一口气。想到令人眩目的青春活力,咲世子觉得也不能完全怪卓治。咲世子对男人的缺点是很宽容的,这是一种很容易让对方乘虚而入的宽容,并不是为了俘获男人的温柔。所以,咲世子在这种时候还对卓治表示同情:"是吗?那可真不好办。你有没有说过,要跟太太分手,跟她结婚呢?"

男人好像也冷静下来了,用鼻子发出一声笑,这跟素树安然的笑声有着天壤之别。

"我怎么会跟她说这种话!只是她娘家是个大财主,所以,我跟她透过点风,就是,跟太太分手得花很多钱。也是到跟町枝妈咪说拜拜的时候了,在银座开画廊,钱是多多益善。画廊就跟好莱坞的电影差不多,最初的预算额越大,越能得到个好结果。"

咲世子的心沉了下来,跟这个人说什么都是白说,一开始他就打好了如意算盘,瞄准有钱的年轻女人了。

"结果呢，对方不是省油的灯。"

卓治丝毫也不觉得难为情地说："你说得对。不过，亚由美准备了几千万日元，在等着跟我一块儿开画廊呢。"

咲世子气不打一处来："那，你跟太太分手，自己新开个画廊不就得了。对方可能会不好受，对你来说，这不是最理想的结果吗？"

手机里传出带着杂音的卓治的声音："我跟你挑明了，亚由美可是个美人，身材也好。虽说才二十多岁，做起那事来，也很有技巧。只是很自以为是，头脑容易发热，所以我惹不起，只能躲着。要是天天在一起，我也会变成神经病的。不过，你的电话让我明白了一件事。"

咲世子环视着客厅，总觉得好像有什么东西令人不舒服，到底是什么在作怪呢？电话里，卓治又说："这次的胡搅蛮缠，让我太太也有点神经不正常了。每天都在骂我，根本不听我的辩解。现在正在读什么有关的法律条文，什么精神损失赔偿费啦、财产分配啦等等，而亚由美那边又是神经兮兮地当跟踪狂。说这说那的，到头来真正能商量个事儿的还是你，我怎么就没想到应该跟你结婚呢？你有才华，又有审美观，我们俩做爱也是天生的一对。要是跟你在一起，我就不会有这么多麻烦了。婚姻，总是不能十全十美的。"

果真如此吗？咲世子边听边想，卓治即使跟自己结了婚，也不会只满足于自己一个人。看到素树那种与众不同的率真以后，就连卓治这种带着真情的表白也不能打动咲世子的心了，要是在以前，听到这样的表白自己也许会很高兴的。最后，咲世子说："知道了，我会跟你保持距离的。请你告诉那个人，不要再跟我胡搅蛮缠了。她手机还是有的吧？"

卓治慌了，说："等等，咲世子，你这是说要跟我分手吗？先前也说过年轻男人怎么的，真的有了新情人了？"

咲世子的胸口隐隐作痛，佢是，她并没有要跟素树发生关系的念头，这种事是不由自己的意志做主的，一开始就明摆着是不可能的。

"没什么新的情人。反正我们还是暂时不见面的好。你也有太太在，现在到了该好好考虑自己事的时候了，不管有没有神经兮兮的跟踪狂。今天就到这儿，亚由美的事就拜托你了。浴缸里的水也要凉了，我要关机了。"

说着，咲世子打开了灯，房间亮了起来。她把手机合上后放到了桌上，突然，保罗对着什么吼了起来，把鼻子顶在木头的窗框上。咲世子朝那个方向一看，窗玻璃上贴着一个跟自己拿着的信封一模一样的信封。

咲世子惊呆了，半天没动。亚由美不仅上午来送信，就连下午也都在这一带转悠，盯着咲世子。可能雪中的摄影、公园里那完美无缺的瞬间，都被她那双妒火中烧的眼睛给看去了。自己跟素树的美好回忆也被玷污了，咲世子大失所望。

接着涌上心头的是恐惧，没有人能保证那个女人已经走了。

咲世子打开家中所有的灯,又去查看门和窗是否关好。她跑到厨房,拿了个可以当棒子的煮奶锅,又回到客厅,打开木板结构的阳台上的灯,仔细观察了四周的环境,然后才慢慢地打开了落地窗,跟保罗一起跑到外面。雪是不下了,但是更冷了,快到年底的夜晚,寒气就像刀一样刮得人生疼。在这样寒冷的天气里,那个女人到底花了多长时间在监视我?这个女人的报复心让咲世子觉得全身都在战栗,恐惧万分。

咲世子慢慢地扯下用透明胶带贴在窗上的信封,然后叫回在木头阳台周围嗅着什么的保罗。

"回来,保罗。"

从落地窗回到屋里,关好窗,拉上厚厚的窗帘,然后坐到沙发上。她颤抖的指尖抓出信纸,慢慢地开始念起了同样歪歪扭扭的文字:

　　看来,你是一条真正的母狗,今天身后跟着两条雄狗。老太婆了,还带着个年轻男人,装出女演员的样子让男人拍,你这条都皱得不成样的母狗!不知道你花多少钱拍片,有谁会想看你这张皱巴巴的脸。那个男人现在也一定在呕吐吧,居然拍了这么恶心的东西。我今天特地跑到这儿来了,也应该跟那个男人打个招呼,好好告诉他,你是怎么用卑鄙的手段把卓治弄到手的。好好反省反省吧!不过,现在后悔也来不及了,对谁都会摇尾讨好,到头来自作自受。

还是没有署名。只是从那种微妙地摇晃的字迹上可以看出是个女人写的。咲世子凉透了心，血液也好像停止了流动，身体僵硬得不能动弹，拿着信纸的指尖也失去了知觉。

该怎么办？是不是应该马上开着POLO去碧露咖啡？但是对一个在大厅里喝咖啡的女人，自己又能说什么呢？咲世子连亚由美长什么样都不知道，而且又是在素树面前，要是被这个跟踪狂当面骂作"母狗""毫无羞耻心的老太婆"，简直是不堪设想。在自己经常光顾的店里，被人这么辱骂的话，咲世子的心脏也许当场就会停止跳动。

最后，咲世子能做的只是慢慢回到刚才已经开始准备的动作。她脱下牛仔裤，脱下毛衣，只剩下内衣，站到浴室前的镜子前。胸脯也好臀部也好都开始失去弹性并开始下垂；下腹部虽没有怀过孕，却也有点隆了起来。

咲世子快要哭出来了，用手遮住自己的脸。这手也正如那女人说的，皱巴巴的，难看得要命。

就在这时，镜子里出现了椎名诺娅。和上次在咖啡店见到时一样，她穿着机车族的皮夹克和一条故意弄破的牛仔裤，膝盖部分的布已经被磨洗得泛白，薄得都快要破了；那顶稍稍大了一点的鸭舌帽底下露出一头咲世子可望而不可即的光艳的乌发。

汗从咲世子手指中间滴落下来，身体表面发烫的热气开始传到全身，又是潮热盗汗！这种症状是咲世子更年期综合征的一种。就好像是刚从泳池里上来似的,浑身水淋淋的,咲世子因恐惧而僵硬起来。

镜子里的椎名诺娅美得无与伦比,她冲着咲世子嫣然一笑,嘴里重复着自己当代言人的饮料和小型汽车广告中的台词。这种幻觉令咲世子恐惧万分。而且,在这个完美无缺的女演员的青春和美貌前,自己人到中年的松垮的肉体使人不能忍受。也许是看出了咲世子内心的恐惧,镜子里的椎名诺娅的表情在变幻的灯光下变化无常。

做出微笑状的嘴唇越裂越大,最终超过限度,嘴巴占了整张脸的下半部分。她的嘴唇翻卷起来,甚至能清晰地看到紫色的牙龈根部,牙齿变得越来越尖,连喉咙深处都长满了牙齿——椎名诺娅脸的下半部分变成了怪兽,炯炯有神的目光依然清澄如明镜。

变成了怪兽的女演员在镜子中说:"你是一条对素树摇头摆尾的母狗。什么艺术家!一个不知廉耻的老太婆,脑子里想的就是做爱,别装腔作势了,皱巴巴的女人。"

咲世子在脑子里拼命对自己说:"这是幻觉,只是因为内分泌失调而看到的幻觉。不能倒下,这是幻觉,再坚持一会儿就会好的。"

但是,幻觉总是比咲世子脆弱的心要胜一筹,遭到变成怪兽的椎名诺娅的辱骂倒还能忍受,就在咲世子这么想的瞬间,镜子里的形象已经从女人变成了男人,是素树。他带着温和的微笑,想扶起摇摇欲倒的咲世子。伸过来的手指很美,这双手指修长而又温暖的手,今天上午自己刚触摸过。

不行,咲世子想着,因为自己伸出了手想要去碰那双伸过来的手。镜子里的男人紧紧抓住了咲世子那只被汗水弄湿的手,仅这种感觉就已经令咲世子神情恍惚起来。镜子里的素树突然脸色一变,眼角往上吊起来,嘴角也歪斜了起来:"这么无耻的肉体,什么呀,母狗!你看我的眼神总是在发情,真不害臊!全身水淋淋的,就这么想要我吗,老太婆?"

素树嘴里说出来的每句话都如同一把把匕首,直刺心上,撕裂了她柔软的肌肤,咲世子没想到自己居然挺住了。素树又开始用柔和的表情对着咲世子不好意思地笑着说:"现在的咲世子是最美的,不用去反省什么,比诺娅要强多了。"

幻觉中的素树从镜子里走出来,将手指放到咲世子的下巴上。咲世子浑身颤抖,流着汗水。男人的声音是从来没有过的温柔:"所以,摇着尾巴跟我来,母狗。"

咲世子没有听完最后的话音就倒了下来,失去了克服幻觉的力气,甚至连活到明天的勇气也没有了。咲世子倒在脱衣处湿淋淋的地板上,卷曲着身体,陷入深深的昏睡中。

她最后的心愿是再也不要醒来。但是,咲世子的这个愿望也未能成为现实,黎明前,咲世子还是裸着身子醒过来,然后在盥洗处拼命吐出前一天晚上吃的三明治,再用淋浴冲洗干净被弄脏的身体。

这天,黎明来临时,咲世子也未能安睡,睁着眼睛,迎接着灰蒙蒙白乎乎的冬日的清晨的到来。咲世子不由眷恋起自己的"美柔汀"铜版画那黑色的世界来,她真想把自己融入那温暖的黑色中,随着黑色消失殆尽。这个心愿,在此后的几天里也没有什么变化。

第五章

1

就像一头受了伤的野兽,咲世子独自一人过完了新年,蜗居在家,也不接电话,出门也就是为了买些吃的,所有的时间都是在画室中度过的。几乎家家都在团聚的这个时候,对咲世子来说是很幸福的,没有工作上的联系,双亲过世以后,连亲戚关系也淡了,形单影只,不会受任何人干扰。

在安静而晴朗的冬日天空下,咲世子带保罗去令人回想起素树的披露山公园散步,也算是每天的运动。剩余的时间她全都扑在创作自己的作品上,而不是应付约稿。对一个搞创作的人来说,这是一种理想的生活。但是,对咲世子来说,理想总是伴随着孤独。

由于出现了跟踪狂,她和三宅卓治的情人关系也突然中断了,素树身边又有年轻的女演员,四十五岁的咲世子,人生中已经多次体会到突然孤身一人的滋味。

孤独时的寂寥和胸口的痛楚，已经深深地沁入失去弹性的肉体中，成为其中的一部分，最终留在自己世界里的只有绘画和削刮铜版，留在这掌心般大小的世界里的唯有自己的想象和人生轨迹。到了这个年龄，恐怕已经没有希望生孩子了，而且也没有可依靠的伴侣。三十岁后半期，也曾特别想要孩子，但是不知为什么，那时没有人能相濡以沫。

跟咲世子打过交道的男人几乎都会这么说，咲世子最初会很乐意接受男人，但是到了一定的距离时，不管对方怎么样，咲世子都不会再让他进入自己的内心世界。不管哪个男人怎么去拥抱这个距离，怎么一起度假，都不能缩短这段距离。"咲世子，你是个心如冰块的女人。"

咲世子的心中有根坚如钻石的支柱，这是任谁都不能摧毁的。咲世子明白自己的这个特点，却又无可奈何，正是因为守住了这根支柱，咲世子才得以在这个艺术的世界里坚持下来。说白了，能持续地想出各种新的创意，也就是因为心中的这根支柱从不动摇。男人也罢孩子也罢，最终可能都不是属于自己的东西，但是，铜版画不管被挂在何处，总是和咲世子的名字连在一起。

这个小小的天地也需要变化，"黑色咲世子"这个绰号是不坏，但是，咲世子想要一个与之前不同的新的表现方式，不是那种充满青春气息的作品，而是能表现出人生在慢慢走下坡路时的感觉的作品，自己的内心世界里应该有这种感觉。咲世子迄今为止的作品都是在反复使用二十岁时掌握的技巧，并使之趋于完美。虽然作品有好有坏，但是作品的格调已固定，丰富的黑色形象也是和谐的、独特的。

咲世子差不多每天都画几十张素描，以寻求表达正处于四十岁的自己的主题和表现方式，而且，也只有在这样投入的时候，才能摆脱那恐怖的幻觉和更年期综合征的痛苦。要把素树的笑容从脑海里清除出去，要忘却那令人毛骨悚然的跟踪狂，要淡化对卓治肉体的记忆，要清洗掉由画插图这个工作而带来的不快，要改变自己，最好的方法就是开始新的工作。

咲世子在新年后的第一个星期里做的就是努力使自己的手和眼睛集中在一处。二十年的画家生涯，使咲世子基本上能以自己的全部身心去感受表现手法的秘诀，要想表现自己，要使自己变成一个彻底的透明体，消灭自己，把个性彻底砍掉。

这样的话，作品里就能出现一个接近完美的、清澈如空气而又令人难以忘怀的个体。勉勉强强去塑造出来的"自我"马上就会黯然褪色，只有在一个极限世界里得到的形象，才会真正表现出独特的个性，浓墨重彩地渗透到画面的每个角落。

创作和咲世子风平浪静的生活，都因常规工作的开始而被打乱。看来，不食人间烟火的日子，无论是谁都顶多只有一个星期。隐遁者无论躲到哪儿，都会被这个残酷的世界发现，继而被带回愚不可及的竞争当中。

咲世子去掉来电自动接听功能开始接电话是在过完初三后的星期一。

"我是内田。"

"太好了，咲世子女士，您在家啊。"

脚底在摇晃，咲世子头晕目眩起来，这是素树那低沉的声音。

"啊，这几天我都扑在一个新的工作上呢。"

来电自动接听里有三个素树打来的电话，都在听了几遍以后删掉了。

"是吗？ 我是想跟您商量下一个拍摄的日期，看来您很忙吧？"

"哪里，这倒也没有。"

说着，咲世子心里觉得挺后悔的。但是一直躲避那个跟踪狂的骚扰也是不可能的，亚由美那个女人的心态早已因对三宅卓治的感情崩溃了。咲世子下定决心问："你有没有听谁说了我的事？"

在一个短暂的停顿后，素树说："啊，上一次，有个年轻的女人到店里来了，说是有话要说，就是拍摄您的纪录片的那天晚上。那人……"

咲世子打断了素树的话，走投无路时，咲世子总是会显得异常的坚强。

"知道了，电话中说起来不方便，今天晚上，工作告一段落

88

后,我就去碧露咖啡。西崎君和诺娅都好吗？"

素树冷淡地说："西崎君还是老样子,好得很。诺娅嘛,我也不太清楚,听说年底好像要拍什么写真集,去了夏威夷。"

咲世子口是心非地说："可不能放过那么可爱的姑娘啊,你也不小了,再过几年就是三十了吧？在年轻人眼里就是叔叔的年龄了。"

三十,对咲世子来说,是个年轻得令人眩晕的年龄,比现在的自己小了十五岁呢。素树的笑声即使在电话里也是那么令人心动。

"啊,我对年轻可没有什么好感,就想着要早点当叔叔呢。到了不用再去为改变自己而操心的年龄,就能过得自由自在、随心所欲了。"

咲世子脑子里在回想自己今天早上开始的创作："要拍电影的人,可不能这么说话。就连我这个年龄的人,也在去年年底就一直在摸索新的创作表现手法。人,不管到了多大岁数,也要为了改变自己而痛苦。只有这样的人才能在这个创作艺术的世界中生存下去。"

在一个比较长的停顿后,素树说话的声音变了："到底是咲世子女士,说出来的话就是不一样。我周围都是些对艺术不懂装懂的女孩子,没有一个人能说出一句带着切身体会的话,所有的人都在为把自己装饰成一个什么人而在装模作样。"

在电话里说上几句让对方佩服的话,对咲世子来说是轻而易举的事,在失去乌发的滋润、肌肤的弹性、胸部和臀部的高度的今天,听到几句夸奖自己的话,也没什么值得高兴的,所以,素树坦诚地表示感动使咲世子感到一阵莫名的不耐烦:"那,回头见。"

2

这天画了两张报上连载小说的插图,想到晚上要去见素树,咲世子创作的速度也骤然加快。虽然想着死了这个心,但是感情却不由自己支配。

咲世子穿上皮夹克,坐进 POLO 时,已是晚上八点以后了。湘南冬天的马路空空荡荡,她行驶在黑暗的大海和山崖之间的公路上,心情却越来越焦躁。这是因为她想要早点儿见到素树,两人已经有十一天没见面了,对方是个远比自己要年轻的,甚至还没有正式开始交往的年轻男人。咲世子觉得自己太浅薄了,尽管如此,也还是抑制不住自己心灵深处荡起的波浪。

碧露咖啡依旧坐落在悬崖上,在灯光下,活像一个白色的纸盒子,朝停车场的一面和朝大海的一面是格子落地窗,一个高个子侍应生在昏暗的店里走动。

咲世子将 POLO 停在空旷的停车场,走进了店里。西崎马上就看见了,跑来在咲世子耳边轻轻地说:"德永一直在高兴地说'咲世子女士今天晚上要来'。没想到,咲世子女士还真有一手,还挺能吸引年轻人的。"

咲世子笑了笑,没去理会这个打工的大学生。和素树说话的话,那还是吧台比较好吧?咲世子没有去阳光房的专座,而是选了一个远离一对情侣的圆转椅坐下了。拉门被打开,素树出来了,看见咲世子,瞬间露出一个笑脸后马上变得毫无表情,从矮一截的吧台里面问:"今晚也是老样子吗?"

咲世子点点头,还是要了海鲜蛋包饭和大杯的皇家奶茶。咲世子一向把这个咖啡店当作自己的食堂和工作室来利用。素树去厨房通报了一下后,马上就出来了。

"那就接着说白天电话里的事。"素树好像有点儿难以启齿似的说。

咲世子不去看男人的眼睛,把目光转到落地窗上,看着冬天里夜幕笼罩下的大海。素树带着困惑的表情接着说:"来的是一个年轻女人,个子小小的,嗯,可以说是属于挺可爱的那种。一进来就说我的名字,然后要了一杯热咖啡。就坐在那个位子上。"

素树指了指咲世子旁边无人坐的第二张圆转椅,咲世子感到那张圆转椅上仿佛还留着他人的憎恨,赶紧把视线移开。

"那人问,你是不是德永,又问你认不认识一个叫内田咲世子的版画家。然后一口喝完了还冒着热气的咖啡说'咲世子是个坏女人,少接近为好'。接着,拿出一封信放在吧台上就走了,在店里待了顶多五六分钟吧?"

信里的内容不听也能猜出个八九不离十，咲世子不去看素树，说："那天，她好像一直在跟踪我们。还去过我家两次，是来投信的。"

素树点点头。"一封是我在门口的毯子上捡到的？"

"是的，内容恶毒不堪。"

母狗、不要脸的老太婆、装作女演员、对谁都会摇头摆尾。一句一句都随着那缭乱的笔迹一起深深地刻在了心上。恶毒的语言胜过任何锐利的刀刃，令咲世子感到恐怖。看不见的伤口不停地流着鲜血。咲世子轻轻地说："她提到了我的男朋友的事吗？"

素树脸一沉说："就是那个叫三宅的画商吗？没有什么正经的说明，只是说，这个有才能的画商婚姻很不幸福，却又被咲世子迷惑住了；真正爱这个画商，并能使这个画商幸福的只有自己什么的。"

说到最后一句话时，素树扑哧笑了出来："这么看，就是一个有老婆的花花公子还和另外两个女人有着玩火自焚的恋爱关系。其中一个女人是有理性的、聪明的人；而另一个则是地雷，只要不小心触摸一下，就会连同对手一起做自杀性爆炸。男人或女人中，总有那种谈自杀性爆炸式恋爱的人。"

"你说得对。"

除此以外，咲世子无言以对。素树直率地看着咲世子的眼睛说："我也不是孩子了，您和一个已婚男人发生关系是很正常的事。恋爱不需要什么大道理，跟那人的事儿，就当是被狗咬了一下，最好全部忘记。这么说的话，可有点儿对不起保罗吧，不过，聪明的狗是不会做出这么糊涂的事来的。"

咲世子在犹豫，是不是应该告诉素树自己已经和三宅分手了？可她又担心这么说了，会让对方以为自己是想要换情人了，更何况，咲世子自己也没有下定什么决心。正在沉默时，素树又说："我不了解您和那个画商之间的关系，不过，我们已经开始拍摄纪录片了，请允许我把片子全部拍完，请接受我的请求。"

说完，这个年轻人用直率的目光看向咲世子点头做了个表示请求的动作。这个人是只把自己看作作品的主题呢，还是当一个女人来看待呢？咲世子感到茫然。但是，毕竟拍摄时可以和素树一起度过一段愉快的时光，就这样，也足以使咲世子感到高兴。想到这十几天的孤独，咲世子对能和素树在一起已经感到十分满足了。

"知道了，对你来说可能只是热热身而已，我也请你多多关照啦。"

西崎很识相地端来了咲世子要的菜。

"德永，现在店里不忙，你就陪咲世子女士说说话吧！"

咲世子把银匙插进半生不熟的蛋包饭里，柔软的手感使她感动得快要哭出来了。

3

吃完早已过了晚饭时间的晚餐,咲世子又和素树聊了一会儿,定下了下一次摄影的日期。正当在转椅上过着十分轻松舒心的时间时,咲世子突然听到了一个声音:"咲世子。"

还以为又是幻觉,这是一个在碧露咖啡不可能听到的声音。咲世子战战兢兢地把脸转向发出声音的方向,三宅卓治一脸疲惫不堪的、穿着西装站在那儿。素树正在别的桌前招待,听见声音,也朝这边看。咲世子压低声音说:"别大声嚷嚷,好不好?你怎么找到这儿的?"

卓治坐到咲世子旁边的转椅上,说:"还不是那个亚由美,她给我来信了。从年底就给你打了好多次电话,都没人接,正担心呢。今天要去见一个住在横滨的画家,所以就顺便来了。在哪儿,那个喜欢录像的色鬼?"

吧台里,素树将准备去问卓治点什么的西崎支开,自己拿着菜单,来到卓治面前。

"欢迎光临。"

素树的声音在这种情况下也是这么柔和。卓治交替地看了看素树和咲世子,说:"一杯奶咖,要热的。叫德永的就是你吗?"

德永微笑着点了点头:"您是三宅先生吧?有个制造麻烦的女人也来找我了,给了我一封没有必要的信。"

卓治狂笑起来,声音响彻店堂。

"是吗是吗？我还以为是个在风景区打工的流浪汉呢，很会说话嘛？咲世子,这家伙的确是个美男子,个子又高,是个不错的男人。"

素树向西崎招了招手,转告了他卓治点了什么东西。西崎一脸不解地走开了。

"谢谢。不过,这些都是三宅先生您惹的祸,现在已经连累到了大家。要用一句话说的话,不就是这么一回事吗？"

卓治的右脸抽筋似的笑了,这是危险的信号。年轻时就立志于当美术评论家的卓治,话里总是锋芒毕露,年龄上又和素树相差了二十岁,在如何说伤人的话方面有着丰富的经验。

"啊,要说连累了你,那真对不起了。话说回来,我也是受害者。不过,小伙子,你把咲世子看成是一个什么样的女人,著名的女艺术家吗？听说你在给她拍纪录片,知道咲世子喜欢什么样的玩法吗？告诉你,不管什么样的艺术,都少不了下半身的活。"

咲世子忍无可忍地叫了起来:"住嘴！你要再说下去,我会恨你一辈子的。你就是为了说这些跑到叶山来的吗？侮辱我们的关系,不等于糟蹋你自己吗？"

咲世子浑身因愤怒而颤抖,为什么偏偏在这当口,卓治跟素树撞在一起呢？如果再晚一小时,咲世子或许就能在自己家中等卓治来。新的恋情将枯竭于萌芽之中,而旧的恋情早已腐烂,坐在素树前面的咲世子就像被当头浇了一碗腐汁。也许是发现了咲世子苍白的脸色，卓治站起来说："对不起，我不是为了说这些来的。到外面去一下，我有话跟你说，说完就走。"

卓治也好像是走投无路，完全没有那种事业成功、踌躇满志的样子。咲世子刚要离开圆转椅，素树说："咲世子女士，我也有话要跟您说。您不要回去，谈完了，请再回到店里来，好吗？"

卓治抬头看了一眼表情严肃的素树，尽管素树站在矮一截的吧台里面，但是个头也比卓治要高出近十厘米，卓治肚子上的鳄鱼皮带又把肚子扎成了两段。

"有个年轻的好男人，真是太占便宜了。不过，咲世子，可别忘了，年轻男人总有一天要离开你的，不会永远跟你在一起的。我先出去等你。"

卓治最后的话并不恶毒，甚至带有一丝惆怅。卓治并没有指责素树的年轻，而是警告咲世子她已经不年轻了。咲世子凝视着这个自己曾经喜欢过的男人的背影，就在一个月前，两人还在汐留的饭店如胶似漆地抱在一起，这个男人的背影现在看上去已经弯曲了，自己的背影是不是也同样地映在素树的眼里呢？

"我去一下，一定会回来的。"

咲世子说着，尽量挺起胸，伸直腰背，走出了碧露咖啡昏暗的大厅。

4

卓治的车是阿尔法·罗密欧的 GT,红色的车身,内部装潢却全部是黑色皮革。卓治以前曾夸耀地说,这是一辆最适合偷情的车。大海边,一月的空气寒冷而又湿润,卓治从驾驶室里向这边招手。咲世子摇了摇头,站在远离性感的意大利车的地方,她已经不想再跟卓治一起分享一个封闭的空间了。至此,咲世子才明白,自己跟卓治的关系已经画上了句号。

这种关系的结束,使咲世子明白,自己不会再把心交给卓治了,三年之久的情人关系将在今夜告终。卓治走下车来说:"上次在电话里跟你说的事情,你好好想过了没有? 我幸好没有孩子,也不想再跟老婆一起生活下去。亚由美的娘家虽然有钱,但是跟那种神经兮兮的女人也是生活不下去的。再说,她对我来说也太年轻了点。咲世子,你是我最后的选择,怎么样,跟我一起过吧? 只要你愿意,什么时候结婚都行。我比谁都了解你的工作,也比谁都能高价出售你的作品。"

卓治好像也在孤注一掷了,声音随着白色的热气,消失在夜晚的停车场。头的上方是映在夜空中的蓝色霓虹灯,咲世子的声音比自己想象的要柔和得多:"卓治,谢谢你长久以来的照顾。"

男人似乎理解了这句话的所有含义,用一种努力挤出来的声音说:"为什么我就不行呢? 那个年轻人到底能了解你多少?

你以为那样的年轻人能爱你多久？那家伙多大？"

"二十八。"

卓治朝轮胎踢了一脚："还是个毛头小伙子啊！二十八岁，那时，你在干什么？为了生活，拼命在画画，对人情世故都还一无所知。你还想再去重复那种白痴般的生活吗？咲世子，求你了！"

咲世子看见了难以相信的一幕，这个无论对谁都玩世不恭的男人，居然落下了大颗大颗的眼泪。但是，眼泪也已经无用，已经没有什么东西能动摇咲世子的决心了。咲世子静静地说："卓治，你也是个聪明人，所以，我相信你说的都是对的。那个年轻人也许真的是出于好奇、感到有趣才对我表示关心，即使凑在一起，也是不会长久的。不过，喜欢上一个人，并不是因为他是最了解你的人，也不是因为对或不对。我也不清楚，就是想要和他在一起，想成为他的一部分。就是这么回事。看见你和他说话时的样子，我就明白了，自己现在要选择的人生伴侣是他，而不是你。"

卓治用法兰绒的上衣袖子擦去眼泪，说："你会后悔的，你们的爱情不会有幸福的结局。"

咲世子也热泪盈眶了："唉，到那时，我再去后悔。"

"好，等你们俩全部结束时，你再跟我联系，我们再重新来过。"

男人们总喜欢在关系结束时装得像正人君子一般，但是，跟以前的情人再次牵手、重归于好，都不会有什么好结局，这个道理对咲世子这样的女人来说，就跟夜晚每天会降临一样，是一清二楚的。藏青色的夜幕，清澈如镜，笼罩着叶山一带的天空和树木。咲世子觉得，自己也许很多年以后都不会忘记这个情景，一定要把这个情景画在自己的作品里，记录下这个夜空中的冰凉的温软。

卓治不等咲世子回话，就径直钻进车里。马达发出巨响，阿尔法·罗密欧气势汹汹地开出了这个海边的停车场。咲世子呆呆地站着，一直目送到车尾灯消失远去，才把这份画上句号的情感扔进了身体的黑洞里。

5

回到碧露咖啡，素树担心地迎出来。回到刚才的圆转椅上，咲世子倒是如释重负，心情轻松，已经没有什么要对素树隐瞒的了。

"如果不是开车来的，真想痛痛快快地喝个大醉，一切都结束了，解放了。对了，你说有话，是什么？"

素树将脖子下的蝴蝶结摆端正后，直直地看着咲世子的眼睛说："今天晚上，我想去你家，可以吗？"

咲世子觉得心脏快要停止跳动了，胸口深处突然痉挛，隐隐作痛,但是马上就又加倍地跳起来。素树的目光紧盯着咲世子,寸步不让。咲世子觉得自己的心已经在他的目光下被撕裂开来。

"那个人知道的事,我也想知道。请让我看见您的全部。我今天十一点下班,能去您家吗? 您不同意,我是不会从这儿离开的。"

震惊过后是狂喜,自己梦寐以求的男人,却如此热情地向自己提出要求,这样的机会,人生中绝不多得。

在咲世子眼里,素树的身影开始摇晃起来,停车场也好,眼前的这个吧台也好,咲世子的眼泪已不能自已。她用右手食指轻轻拂去眼角的泪水,仿佛第一次尝到了类似初恋的感情。吧台桌面变成了汪洋大海,咲世子担心素树是不是能听到自己的声音,说:"我等着你。"

素树顿时好像身体里点着了火一般,满脸生辉。

"谢谢你,我会尊重你的。"

素树飞快地说完这句话,转身就走向了厨房。咲世子目送着素树那白帆一般的背影。爱情是残酷的,卓治的背影给人一种惨不忍睹的失落感,而素树的背影却给人一种蕴藏着所有可能性的力量。这不仅是因为年轻,还因为素树那边有一股孕育爱情的能量。

咲世子等素树消失在拉门里面后,拿起付款单,离开了圆转椅。

西崎站在收款机前,一脸得意忘形的样子。这个打工的大学生冲着咲世子说："啊呀，今晚可太不寻常了，我真正领教了您的厉害，能把两个男人弄得团团转，居然还战胜了那个美女诺娅。早知道您有这一手，我应该早点到您那儿报名的。"

咲世子边从皮夹克的口袋里取出钱包，边问："西崎君，你妈妈多大岁数？"

"嗯，比您大七八岁吧，今年已经四十五了。"

咲世子发出了一串华丽的笑声："是啊，等西崎君到能了解女人的年龄时，我就跟你交往。"

在咲世子付钱和拿回找零时，西崎一直是一副莫名其妙的表情。在咲世子要出店门时，他才小声问："哎，咲世子女士，您到底有多大岁数？"

咲世子只向他摆了摆手，不作回答。

POLO以最快的速度从叶山回到披露山，一到庭院住宅的南端，咲世子就急急忙忙把车停到停车场，然后跑着奔回自己家。在接下来的一小时里，咲世子风风火火地打扫着房间。

先收拾好门口周围的东西，用笤帚清扫进门的地方。然后，在门口的玄关处，用"备前"盘子①点上薰衣草香。接着她用除尘器打扫客厅，把餐桌上堆积如山的资料搬到工作室里，来回搬动大部头的画集，在这样的冬日夜晚，居然也使咲世子出了一

①"备前"指"备前陶瓷"，是冈山县备前市的特产。

身汗。

　　卧室和浴室是最重要的地方。咲世子拉下床单,换上干净床单,铺得就跟饭店里的一样,一丝不苟,房间里充满了成熟女性的温馨。平日里的咲世子最讨厌的就是女人味,特别是卧室和衣柜,但是今晚这两处也都点上了薰衣草香。在浴室,咲世子一边冲着淋浴,一边使劲儿洗着浴室的地面,因为平时大量用染发剂,导致地面怎么也清洗不干净。

　　洗完澡后,吹干头发,咲世子穿上了洗干净的牛仔裤和平时出门时才穿的黑色羊绒毛衣。本来只打算上个薄妆的,结果因为掩盖黑眼圈,涂了厚厚一层粉底,眼睛下面的肌肤没有弹性的话,看上去会很老相。

　　看看墙上的钟,咲世子不由吃了一惊,已经是十一点半了。门口的铃声响了。

　　咲世子再次朝化妆台上的镜子看了看,头发、眼睛四周、脸颊、嘴唇,都还不坏。在下意识地做了一个深呼吸后,咲世子用脚尖轻快地走向自己心爱的男人等着的门口。

第六章

1

只要一打开门，就能看见心爱的男人站在那儿。还有比这更令人高兴的吗？咲世子最后一次在玄关的试衣镜前照了照自己的身影，用劲儿拉开了门。

"晚上好。我来了。"

素树穿着一件自己见过的羽绒服站在那儿，右手递过一小束花来："这是西崎君跑了好多地方才买到的，说是已经半夜了，只能买到这些了。在跟女人打交道方面，他好像比我更有经验。"

素树腼腆的笑容令咲世子胸口掠过一阵说不清是甜还是痛的感觉。这是一束剪得短短的大丁香花，橙色的、粉色的，非常可爱。

"快，进来。"

素树站在画着狗的图案的门毯上一副犹豫的样子："在店里，一时冲动，说了那些话，要是您不愿意，我改天再来。"

没有什么可犹豫的,咲世子拉住了素树的手腕,就好像是在诱惑似的说:"我已经在等着你了,快进来。"

就这样,深夜十二点前,没有什么戏剧性的场面,素树轻而易举地走进了一个单身女人的家中。

在走向客厅时,躺在窗下地毯上呼呼大睡的保罗突然起来了,摇着尾巴,扑向素树,把头伸到他牛仔裤的腰间不停地拱着,抽动着鼻子。保罗对素树已经习惯了,可是咲世子却好像被人看见了接下去自己夜间要做的事一样,用一种厉于往日的声音喊道:"保罗,停!"

阿富汗猎犬抬起笔直的长鼻子看着咲世子,一副不知所措的表情:主人,为什么您不闻闻这么好闻的味道呢?咲世子红着脸问素树:"要不要喝点什么?"

素树看着窗外,咲世子的 POLO 旁边停着那辆早已不生产的淡蓝色"甲壳虫"。

"说实话,我很想喝点什么,可是还要开车回去呢。"

咲世子不去看素树,鼓起勇气,尽量用一种自然的声音说:"没事吧?已经这么晚了,今晚就睡在我这里吧?"

素树的表情一下子变得欢快起来。爱情真是不可思议,只要一方在这几十厘米的距离中动一动视线,就会营造出至高无上的幸福。

"那,就请给我来点酒吧,什么酒都行!"

咲世子微笑着颔首,走向厨房。四十多岁的人,当然知道,这种时候应该喝特别的酒,而且早在冰箱里冰好了。这几个月,她一直没有机会喝酒。

咲世子把一瓶香槟酒放在冰桶里端了出来,回到沙发边,素树已经脱下羽绒服,只穿着一件白衬衫。咲世子年轻的时候就觉得英俊的男人最适合穿白衬衫。素树厚厚的胸脯和宽如白帆一样的肩头,穿牛津布的立领衬衫真是再合适不过了。

"啊,菩提子的香槟酒,到底是咲世子女士,这还不是'皇牌特级香槟',而是'香槟贵妇'呐。"

在碧露咖啡的酒吧打工的素树对香槟好像很熟悉。这是咲世子特地在横滨元町买的,就是为了哪天能跟最心爱的人一起喝。具体是多少钱,她不记得了,只是记得相当贵。

"给我,这是我的工作。"

素树从咲世子手中抢似的拿走了开瓶刀,娴熟地用刀在瓶口的铝条上划了一圈,然后用白色毛巾捂住瓶塞,慢慢地拧着。咲世子被男人这种强有力而又安静的动作吸引了。随着一声漏气声,瓶塞被打开了。

素树托起瓶底,将香槟酒倒入咲世子的郁金香型酒杯里,一股金黄色的香槟酒吐着泡泡在透明的杯子里慢慢升高。

"香槟酒就是要慢慢地但不间断地倒入杯子。这是调酒师教我的。"

素树抬起头看了看咲世子,刹那间笑了笑,然后又往自己的酒杯倒酒。两个人一起紧张地注视着这个倒酒的场面,这是一段无可替代的宝贵的时间。已经开始了,咲世子想,和素树两个人的时间开始了。

"干杯吧!"

素树举起杯子说,咲世子也抓起细细的玻璃杯脚:"为什么干杯呢?"

咲世子递给素树一个调皮的微笑。素树隔着玻璃杯看着咲世子的眼睛说:"为所有的。"

咲世子沉默着,她不懂这句话的含义。

"为让我们相遇的偶然。为今天到店里来的您以前的男朋友。为那个可笑的跟踪狂。如果没有这些事情,也许不会有今天晚上这个时光。也为诺娅、为西崎君,还要为保罗。为所有的,干杯。"

就好像是电影里的台词,素树很会用语言表达。三宅卓治也很会说话。咲世子喜欢能表达细腻感情的男人,听着素树低沉的声音,她几乎要流泪了,赶紧打岔说:"就不为我们两人干杯吗?"

薄薄的酒杯边缘像是说好了似的碰在一起,清脆的声音响在两人之间。

"我已经十分幸福了,足够了。干杯是为了让刚才提到的人也来分享一下我们的幸福。"

素树昂起头露出漂亮的脖子,一口气喝干了杯中的酒。咲世子觉得鼻子酸酸的，赶紧把嘴放到杯子上，一股酸酸甜甜的味道蹦进嘴里滑向喉咙。活着，就是在此时此地、呼吸着，只要有这些，就是完美无缺的时间。这样的时间在自己过去的人生中几曾有过？

咲世子慢慢地环视着这个熟悉的客厅空间，只有放在角落的一盏旧木质落地灯亮着，身边坐着素树，脚下卧着保罗，这是一个今生今世也不能忘记的场面。

咲世子暗暗对自己这么说，喝干了第一杯香槟。

2

不知是喝到第几杯时，咲世子看着还剩一半的酒瓶说："这么托着瓶底倒酒，要用很大的力气吧？"

素树把黑色的酒瓶放到咲世子面前说："当然要有力气了，您也试试吧！"

咲世子挽起外出时才穿的羊绒衫袖口说："别看我是女人，力气还是有的，版画家就是体力劳动者。"

说着，她一把拉过素树的空酒杯，开始倒酒。她缓缓地倒入，不让液体间断。起初还没有问题，渐渐地手臂开始吃不消了，酒瓶口开始晃动。

"这可有点危险。"

素树说着把自己的手放在咲世子的手上，一起撑着酒瓶。

"已经够了。"

素树用左手取下酒瓶，右手还是捏住咲世子的手不放。咲世子的心脏开始激烈跳动，素树该不会听见吧？

"咲世子女士，我想问一下，您有没有绝对讨厌的事情？"

素树的手指在咲世子的手掌间游移，这个比自己小了十七岁的年轻男人又在说令人莫名其妙的话。

"什么样的时候？"

"当然就是做那种事的时候。我不想一开始就出错，让您讨厌。"

素树显得有点兴奋，不知是因为香槟酒，还是因为害羞。咲世子感到自己是醉了，突然变得大胆了："你不用想那么多。我喜欢激烈的，喜欢男人激烈地攻击。"

素树的表情突然认真起来，他托起咲世子的下巴，把自己的脸凑了过来。咲世子在接吻时，总会想起高中时念叨过的金子光晴的文章里的一段话：没有比嘴唇触摸嘴唇时更柔软的触感了。

素树的嘴唇就是这样，柔软又细腻，但是又很厚，把咲世子的嘴笼得快要透不过气来。两个人都不是孩子了，第一次接吻就很激烈。

自己等的就是这样的吻，咲世子快要麻木的脑子这么想着，身体深处流出了一股热乎乎的东西。

在去卧室途中,素树说:"我工作完就来了,想借一下你的淋浴。"

　　咲世子不放开扣在一起的手说:"不用在乎,或许会有女人不喜欢不干净的男人,我可不在乎。"

　　素树还是有点犹豫。

　　"不过,真的很脏。"

　　"很脏的话,我给你弄干净。"

　　咲世子对自己会这么说也感到很意外,自己是不是过于大胆了一点?于是急忙加了一句:"与其洗得干干净净,我倒想今晚好好享受一下你的男人味儿和汗水。"

　　"明白了。"

　　在通往卧室的黑暗过道上,咲世子停住了脚步,抬头凝视着素树,白色衬衣的一角凌乱地露在牛仔裤外面。

　　"我们要上床了,不要再说客气的话了,你就直呼我'咲世子'。"

　　"好的,咲世子。"

　　素树搂起咲世子热烈地吻了起来,吻得快要把咲世子顶到墙上了,同时隔着毛衣轻轻地揉动咲世子的乳房。为什么让男人揉动胸部会这么舒心?咲世子想着,她一边拼命地回应着素树的吻,一边把手伸到了素树的腰间——无须扭捏摆样子了,健康的成年女性也有不可忍耐的性欲。

素树的爱抚非常温柔,跟其他人相比是没什么意思的,但是留在咲世子身上的感觉跟卓治的激烈是完全不同的。卓治只是以抢夺方式在做爱,而素树则是一边慎重地看着对方的反应,一边补充着不到之处。

抢夺型的做爱和分享式的做爱。常有人不怀好意地说,和谁做爱都一样,这样的人不管吃什么美味的东西,不管看什么精美的绘画作品,一定都是只有一个固定的欣赏方式。

微小的不同中能找到无限的变化。性交是动物也能做的行为,但是只要加上一点自己的方式,就会引出很多令人产生快感的场面,这里就少不了人的美妙的性行为。

咲世子从素树身上尝到了满足,她配合着素树的节奏动着身体,对生命能以这种方式接洽,心中充满了感激。平时不怎么用的力气,一旦用在做爱上,竟能得到如此美妙的报答。

为此,平时的苦恼都在今宵这一刻化为乌有。

事后,素树先给咲世子收拾干净身体,和卓治做爱时,这是由咲世子做的事。把咲世子收拾干净后,素树轻轻地吻了吻咲世子:"咲世子不愧是大人,做爱真棒。"

咲世子虽然感到很满足,但是心情颇复杂:"是把我和经常跟你做爱的女孩子拿来做比较吗?"

"不是的。我说的是,女人就应该诚实地表现自己的欲望,这样才会让人觉得棒。年轻人的话,包括我,即使上了床也会摆个架子什么的。"

咲世子用嘶哑的声音笑了起来:"不过是有经验而已。"

"不是。做爱,一开始就不应该摆什么架子,而是应该坦然地、下流地去做,那样反而更好。"

咲世子活了四十五年,还是头一次听到这样的说法:"那我就是很坦然了,是吗?"

素树笑了起来,望着咲世子的裸体说:"是的,而且,身体又特别年轻。"

咲世子看见了自己失去弹性、垂到一边的乳房和圆圆地鼓起来的腹部,这些做爱时忘记了的部分让她觉得羞愧难当,她拉过毯子盖到身上。

"别这么看,好不好?"

这时,素树的声音突然变了,变得认真起来:"就这样别动,好好听着,我有话要跟你说。"

咲世子在温暖的毯子的黑暗下应着:"我听着呢。"

"是说我工作的事儿。为什么我要从电影界里逃出来? 我要让你知道事情的真相。"

咲世子在床上微微地渗着汗水,等待着自己心爱的男人的下文。

第七章

1

毯子下，两人的汗水交织在一起，散发着一种令人感到亲热，又令人感到安心的味道，就好像是海边的味道，抑或是长在森林深处的年轻树木的气味，真正的甜蜜也许就隐藏在苦涩中或咸涩中。男人的声音安静地在头顶上方流过。

"在我上初一时，班里来了一个名叫椎名清太郎的同学。我们的学校在东京平民居住区里，是一所普通中学。"

椎名，这个名字在哪儿听过。

"诺娅是椎名的妹妹。我和清太郎马上就成了好朋友。其他的同学都热衷于体育活动，而我和清太郎喜欢文科，经常一起去看电影。星期天差不多都泡在'名画座'那家电影院里，看三部连放的电影，坐得屁股都痛了。那时的电影，好像不管什么都很有意思。"

二十八岁的素树上中学，该是十五六年前吧？那时的"名画座"在放什么样的电影呢?

"看电影时,观者的心情很重要,不管是多么无聊的电影,只要用心去看,别打盹,也总能发现这部电影的优点。那时的电影院乱哄哄的,但是,那些经历对我后来从事拍电影工作,一定起着什么作用。"

素树的声音听起来有点兴奋,这也令咲世子感到高兴。

"那时都放什么电影呢?"

素树轻轻地笑了笑,回答道:"《黑雨》《狗脸的岁月》《壮志凌云》《军官与绅士》《异形续集2》《柏林苍穹下》,没什么头绪地连在一起放。"

都是20世纪80年代的作品,可对咲世子来说,好像都是昨天才刚看过一样。

"清太郎和我,两个人在学校里组织了一个电影俱乐部,写剧本和录像是我干,清太郎拿照明灯啦录音什么的,刚开始拍的东西糟糕得一塌糊涂。"

咲世子想象着一个个子高高的瘦瘦的中学生,那时的素树,一定是个引人注目的英俊少年吧。

"画面不齐的怪兽片啦,胡打乱闹的功夫片啦,什么的。后来,过了一阵子,我发现自己并不擅长拍动作激烈的画面,但拍一些定格的镜头,对我来说很容易。于是,自然就开始改变风格,开始专心去拍一些日常生活中的小小发现或惊讶。"

中学生时,就能发现日常生活中琐碎的小事,这也许就是素树适合当摄影师的原因吧！

"诺娅总是跟在我们俩后面，第一次见面时，她才八岁，但是，那时就已经是一个不管走到哪儿都引人注目的女孩子了。"

咲世子胸口掠过一阵痛楚，十二岁的素树和八岁的诺娅，虽然幼小，但一定是很般配，至少比四十五岁的自己和二十八岁的素树要相配得多。

"我拍的东西怎么也称不上是作品，不过，上高中时，让已经是中学生的诺娅当了主角，第一次得了一个鼓励奖。现在想起来，不过是拍一个可爱的女孩子走在冬天的大街上而已，但是这居然就能称得上是电影。就是说，能让看的人在里面感到一种用语言难以表达的东西。当然，一半靠的是诺娅的天才演技。诺娅在那时就已经具备一种动物本能的磁性，能吸引住观众的眼球。"

素树的追述听起来充满了怀念的感觉，咲世子不想去看在讲述和诺娅交往时的故事的男人的脸，而是深深地钻到了安全的黑暗的毛毯下面。

"我从那时起，就开始专门拍摄以诺娅为主人公的片子，拍摄一个漂亮女孩成长的纪录片，渐渐地成了一部有故事情节的电影。诺娅是个非常敏感的女孩子，凡是做过一次的表情都能记住，下一次，拍别的镜头时，只要说以前什么什么时候的表情，就能马上做出来。经过多次拍摄，她表情的种类也迅速增多，而且变得越来越丰富。我和清太郎、诺娅三人的电影在各种业余爱好者电影节上都得过大奖。"

"这可真值得祝贺。"

素树的声音突然有点感伤："真的吗？不过，现在想起来，当时那些拍片的日子，真的是最美好的。三个人一起上街，边聊天，边即兴开始编故事，可以说是童趣横生。"

给我拍片时就不一样吧？咲世子差点就说出口，只好改口说道："现在，不一样吗？"

素树的声音不仅开始低沉，还有点嘶哑起来，似乎掺进了裂纹："不一样。现在拍片时，已经不觉得有什么快乐了，可能是因为已经变成了工作的关系吧。"

男人独自干笑着又继续说："那是我高三时的事。上大学是学校保送的，所以早早就定下来了，那时班上的同学都在忙着应考。我开始跟诺娅交往，那时诺娅十三岁，我十七岁。两个人都是第一次。我跟她说，等她上了高中后再开始交往，可她不听，说自己已经是大人了。"

咲世子屏息静听，十三岁的诺娅一定美得像宝石一般吧！咲世子不想把自己跟诺娅做比较，在毯子下卷曲起身子。

"那年夏天特别的热。一旦打开了通往身体深处的大门，我们就再也不能抵抗住那种诱人的魔力，身体上凡是能互相触摸得到的地方，就会带来一片灿烂的阳光。我们每天都在一起度过，图书馆、电影院、放学后的教室里、自己的房间里、公园里、百货店的停车场里。不过，不知为什么，快乐的时间长久不了。

我们总是很小心地避孕,但是我太不成熟、太肤浅了,诺娅怀孕了。"

"是吗?"

咲世子想不出该说什么安慰的话,对两个年轻人来说一定是很大的打击。

"我还没上大学,诺娅还是中学生,我们别无选择,清太郎给我们办了打胎的全部手续,就连陪诺娅去动手术的也是他。命运总是在这种时候作弄人,动手术的星期六,正好大学开说明会,大家都高高兴兴地来参加,只有我一个人坐立不安,想诺娅的事,担心得不得了。"

咲世子很容易就描绘出了这样一个场面:表情困惑的素树坐在大学的讲堂里,坐立不安。素树那困惑表情的基调也许就是那个时候形成的吧?

"手术进行得很顺利。我们三个人经常一块儿外出住宿拍片,所以,很容易瞒过了诺娅的父母。但是,帮了我们这个大忙的是清太郎。"

在毯子上面,他用一只手温柔地摸着咲世子的头,这是一只男人的大大的手。

"我说了这么多,你不觉得烦吗?"

自己心爱的男人的初恋经过和感伤的话题,怎么会烦呢?咲世子真诚地说:"一点儿也不烦,你继续说吧!"

素树叹了一口气,继续说:"不过,不可思议的是,我和诺娅的片子,有了那些事以后却更受人欢迎了。就连我也感到吃惊,诺娅更妩媚动人了。现在诺娅那引人注目的眼神,就是在手术后开始出现的。我拍的片子也更增添了一种不能言喻的悲情和尖锐。甚至是不经意拍的部分,也有一种不容忽视的魅力。"

当了二十年职业画家,素树的叙述有能令咲世子信服的地方。私生活的伤痕有时候能让作品发出异常的光彩,这也是一种反讽手法,诺娅和素树大概都是属于早熟的一类吧?

"大学毕业前,有家电影公司找我去拍片。诺娅那边,现在的那家艺人公司也要她去,条件也很吸引人。我们开始一起拍广告片,还得过广告奖呢。诺娅不仅跟我合作,还开始接电视剧和电影的工作。我一边拼命干着各种摄影工作,一边开始为拍电影做准备,写了自己独创的剧本,四处奔波去找外景拍摄地。给我个人公司当老板的不用多说,就是清太郎。"

咲世子还没见过椎名清太郎,如果跟素树有这么深的关系,现在他会在哪儿呢?恐怕跑到湘南这边来也不会太令人意外吧。

"椎名诺娅的名气和人气,也让我这个导演出了点风头,所以集资也比较容易,再加上那时DVD卖得很好,电影界可以说是大有前景。于是,我开始野心勃勃起来,责任都在我这边。"

咲世子想说不是,对一个搞创作的人来说,崭露头角是人生中很重要的一步,要是处女作不给人留下鲜明印象,不久就会被遗忘。艺术世界是冷酷的,里面充满了激烈的生存压力。

"我插一句,不管是谁,崭露头角的机会只有一次,如果没有令人瞩目的地方,处女作马上就会被打入冷宫。你对自己的处女作野心勃勃,没有什么错。"

素树的笑声显得很寂寞:"不是这么一回事。问题是,我过于夸大了自己的能力。本来是一部用不多的预算也能拍成的电影,我却偏在几个场面中加了不少东西,比如,加上不需要的也不是我会拍的群众场面等等,想要引人注目。清太郎为搞到资金东奔西走,结果,这家伙去向黑势力借了钱。电影界,一向就跟黑社会有瓜葛,常常有黑钱流动。"

咲世子对这样的事也是略有所闻的,地方上跟黑社会有千丝万缕关系的电影发行公司有的是。

"他们把非正义之钱投资到电影中,也就是借投资拍片的名义来洗钱。清太郎背着我,已经染指了这些黑钱。接着常有的麻烦事发生了,最后他们不仅不给钱了,还倒打一耙,什么都能成为他们的借口,反倒是我们的钱被他们盯上了。电影的制作费,一般是我的个人公司出一半,另一半由制作委员会出资。"

咲世子想起从西崎那儿听来的事,年轻导演素树在拍处女作的资金方面出了点问题,在东京待不下去了。

"我们都很年轻,没有可撑腰的人,收集到的另一半的资金,也只想用来拍摄有自己风格的电影。最后,只能用我个人公司积存下来的所有的钱去换回了清太郎的性命。给清太郎添了不少麻烦,不能见死不救。我这个只会拍恋爱片的人,为了换取朋友的性命,自己跑去把大笔的钱交到了黑社会分子的手里。那是在四国的高松,在一个港口的仓库里,可能什么地方还有摄像机吧?我进去后东张西望,因为那儿让我觉得像是一个拍特技镜头的地方,毫无现实感。"

"接下来,你就跑到湘南来了。"

"是的,我向摄影公司交了一份休假请求,离开了东京。现在住的逗子玛丽娜公寓是那家摄影公司社长的私人财产,是他免费借给我的。那边的社长对我很照顾,制作委员会解散了,没还上的钱都是他替我还的,说这是对我未来的投资。我还有什么未来吗?虽然没有被告到法庭,但是关于我的流言蜚语已经传开了。清太郎觉得是他让我的处女作流产的,所以也不知跑到哪儿去了。"

咲世子有点忍耐不住了:"所以诺娅就常常从东京跑到这儿来看你,是吗?你们的关系现在到底怎么样了?"

这是最大的问题。以素树的才华来说,回到电影界去是迟早的事情,而见到诺娅时,咲世子明显感到,诺娅是以看一个男人的目光在看素树。素树对诺娅来说,是最能让自己发挥演技的导演,是从小学时就喜欢的青梅竹马,是初恋的情人和献出处女身的对象,是即使自己的形象遭到毁坏,也要救出自己哥哥的恩人。无论是哪一点,都足以使诺娅对素树的爱坚贞不移。

"我们的关系吗?现在不好说。她说要工作一辈子,但是上了大学以后,又说要多了解一些人生,所以我们决定分手。分手时，两人都伤心地流了很多泪，发誓说五年后一定要在一起。这个誓言现在是不是还管用，就不知道了。"

咲世子在心里叹了口气，就在今天晚上，日本的什么地方也许也有情人们在信誓旦旦地说着什么五年后再见吧，也许没有发过这样誓言的人在这个世界上是少数吧！

"那，现在还没有正式成为恋人？"

素树笑了笑说："又没有订婚，哪来什么正式的恋人呢？不过，倒是经常打电话。"

咲世子终于鼓起勇气问："你把我的事告诉诺娅了吗？"

素树的声音变得生硬起来。能觉察出他的表情一定很认真。

"是的，我告诉她，现在有想要拍的人。"

咲世子不明白他的意思。素树继续用生硬的语气说："诺娅是个很敏感的人。只要说这些，她就会明白我现在是怎样的心情。"

你现在是什么样的心情呢？咲世子差不多要问出口了。咲世子拼命地控制住自己，这样也好，自己的责任就是把素树再送回到原来的世界中去，让素树回到那个绚烂多彩的电影界。和诺娅在一起，他绝对能幸福，我就是帮助他康复的伴侣。

在温暖的毯子下面，咲世子几乎要哭出来了。咲世子把脸贴在男人的胸口上，感受着男人起伏的胸肌，不知不觉沉入睡眠之中。今晚，连梦都无法侵入，咲世子甜美安睡。

2

第二天早上,天还没完全亮,咲世子就轻轻地起床了,床垫发出了咯吱声,但是素树毫无察觉。咲世子将毯子拉到素树露在外面的肩头处,走进浴室,冲了淋浴后,又精心地化好了妆。

和才二十多岁的诺娅不同,对咲世子来说,化妆是一种礼仪,虽然自己长得不像女演员那么完美,但是也不想让在一起的人感到不愉快。

早餐是烤面包、意大利菜汤和含羞草沙拉。自己一个人吃饭,做意大利菜汤的话,开一个罐头就可以了事。但是,今天咲世子从炒火腿开始做起,冰箱里正好有西芹,做意大利菜汤就是要用一些有香味的菜才好吃。最后按水煮鸡蛋的方法,把蛋先打在勺里,然后再放到汤里,早餐这就准备好了。

咲世子想去叫素树起来,刚打开过道的门,就和头发乱蓬蓬的素树撞了个正着。

"啊,真不好意思。"素树有点难为情地说。

"真香啊。我还从来没想象过你做菜的样子呢。"

咲世子一边把咖啡倒入客人用的咖啡杯里,一边回答:"哎?是吗?"

拉开餐桌边的白色椅子,素树坐了下来。冬天的早晨,木头的窗框一半结了白霜,遮住了外面落寞的庭院。

"你不是总到碧露咖啡来吃蛋包饭嘛,又总是很晚才来,所以我就想,这么漂亮的人,肯定不会做菜。我觉得,这才叫艺术家嘛。"

"漂亮的人",这是一句能让贯穿身体中心的直线高兴得扭曲起来的话。素树没有察觉自己说了什么,开始大口地吃起烤面包来。咲世子佯装平静地说:"素树,你今天有什么非做不可的事吗?"

素树喝了一口泛着火腿油的汤,咽下面包说:"晚上咖啡店有工作,不过,白天没什么特别的事。"

"那,一起去叶山的近代美术馆看看,怎么样?那儿现在有日本版画家的巡回展,里面有一幅我的作品。"

素树好像突然清醒过来,眼神也变得敏锐起来:"那,我能去拍吗?"

对素树来说,摄影机仍然是不能离手的伙伴,咲世子笑着说:"当然可以,不过,美术馆里面是不能拍的。"

"这我知道。不过,那儿才建好不久,外观很美。从美术馆后面可以走到海边。是拍采访外景最好的地方了。"

咲世子一边用汤匙把意大利菜汤放进嘴里,一边点头表示同意。她觉得今天的菜汤咸了一点儿,也许是昨晚流了很多汗,调味时放多了盐吧!想起了昨晚的种种场面,咲世子的脸颊不由得火辣辣起来。像是要忘记昨晚床上的事情,咲世子赶紧回答说:"行,那就上午开始吧!上次没有给你介绍工艺过程和工具,今天我要给你看看版画家的一些技巧。"

素树眯缝起眼睛笑着说:"你的技巧部分,昨晚可是让我见识了不少。"

这是只有做了的人才能明白的玩笑。做爱,当然也包括这些部分,这让人既害羞又高兴,也令人感到亲热。

"吃了早饭就开始拍吧!午饭在叶山馆的咖啡店吃。"

素树到底是年轻男人,又重新要了一碗放了水煮鸡蛋的意大利菜汤,吃了三片厚厚的方面包。年轻的男朋友,这种时候真让人觉得愉快,咲世子产生了一种面对儿子的心情。

咲世子用一种平稳的眼神凝视着比自己小十七岁的男人大快朵颐的样子。

神奈川县立近代美术馆的新馆叶山馆在皇家公馆的旁边。从披露山咲世子的家开车去只要十五分钟左右,驾驶 POLO 的是素树。咲世子穿的虽然和昨天的不同,但仍是一袭黑色,下身是一条膝盖两边带兜的工装风格休闲裤,上身则是 A 字形的黑色针织毛衣,只有外边的羽绒服衫是白色的。

叶山馆是一栋灰白两色的水泥建筑,这次展出的作品也是以黑白为主的版画。素树拍的是纪录片,也无需很多色彩,片子的主题是咲世子版画的温暖的黑色,服装则是配合素树摄影而选择的。

停车场只有几辆观光巴士,中老年男女在导游的引导下陆陆续续走上台阶,消失在自动门里。素树马上开机:"请问,你看见这些游客有什么感想？你有没有想过,这些人要是一个人的话是不会来美术馆的。"

咲世子优雅地给了一个笑脸说:"这种刻薄的问题可不行,艺术作品本身就来源于大多数人的力量,电影也是一样吧?可不能小看普通人,要不然,我们在这个世界里就会无能为力。"

素树的摄影机由下往上拍咲世子缓步走上台阶的场面。

"而且,那边的小卖部里还有我的作品做的明信片呢,一张两百日元,是很不错的礼品,游客们可都是我的好主顾啊。"

建筑物里面有一个地上铺着白色瓷砖的广场,建筑物外墙是玻璃和白色的墙,有一种令人轻松的开放感。咲世子熟门熟路地走进馆内,买了两张门票。

"好,摄影只能到这儿,进去看画吧,你可得好好注意看啊!"

现代版画巡回展的主题是"别有光影"。穿过迷宫一般的白色走廊,展现在眼前的是一个巨大的展厅,和成年人视线同样高度的墙上挂了很多作品。刚才看见的那群游客好像已经去了别的展厅,室内异常安静。咲世子以一定的速度在每幅作品前浏览。

"应该怎么欣赏绘画作品呢?"

素树冷不丁地出了一个难题。

"你说,电影应该怎么看呢?有什么标准的学院式观赏电影的方法吗?"

"输给你了。我也只是按自己的兴趣去看电影。自己开始拍摄后,看电影的乐趣还是没变。不过,我总觉得,绘画好像比电影专业性更强,是为少数人而制作的东西。"

咲世子在一幅画框很大的作品前停住了脚步。黑色的底子上画着白色的四方形,这些四方形里还有缺了角的黑色四方形,属于抽象派作品。

"素树,你看了这幅画有什么感想?"

素树凑近几步看看,又退后几步看看,来回重复几次后说:"画面很简单,但是让人感觉沉重,当然好像还有点幽默感。我挺喜欢这幅作品的,虽然不会花上几百万日元去买。"

咲世子笑了笑,转身走向通往下一个展厅的白色走廊。"这就行了。这里的作品采购预算都来自纳税人的血汗钱。一个会赏识作品的人用你我交的税去买这些画来摆在这里,就是这样的一个社会机制,用大家交的税去买一些所谓好看的东西,不能算是一件坏事吧?"

素树站在另一幅作品前,这是一幅用骨头和花组合成的作品,整个画面都是几何图形一般的图案。

"这幅作品不怎么样。我觉得,美术馆也应该想办法直接和参观者进行交流,不应该只是摆设。比如说,像电影院里收门票那样,一幅作品一张门票,效果也许会更好。"

咲世子用背影回答:"我也有同感,所以才给报纸、杂志画插图。虽然有时很辛苦,但是与其摆设在这种地方,不如让更多的人看。"

美术馆展厅的光线是均等的,是一个让人忘却时间流逝并失去和作品的距离感的抽象空间。进入第三个展厅时,素树用手指着一幅画说,"啊,这是你的作品,我在画集上见过。"

这是咲世子被美术馆收藏的第一幅作品,很值得纪念。当时,才刚二十出头的咲世子比现在更热衷于搞艺术创作。黑色的画面上能看见几个女性的身影:幼儿、少女、成熟的女性、中年和老年的女性。在同一个画面上,同一人物的人生交互重叠在一起,是一幅人生的肖像画。

"真是不可思议啊,从这个画面丝毫感觉不出人物逐渐衰老带来的恐怖或者是悲哀。不管是对哪个年龄段,作者的视角都是积极肯定的。"

咲世子站在二十年前的作品前,自己年轻时不像现在充满对衰老的恐惧,只是凭着想象在画衰老的形象而已。但是,奇怪的是二十年前自己画的中年女性跟现在的自己很像,满脸皱纹,肌肤松弛,失去弹性和光泽,单纯的想象力有时竟能如此准确地刻画出一个冷酷的现实。但是,素树的反应却完全不同:"我觉得人能这么一步一步走向老年是很幸福的,要是有机会,我也想拍一部能像这幅画这样表现人生的电影作品。将一个人的人生,完完整整地表现出来,无论是好的时候,还是坏的时候,都用这种肯定的态度去表现出来。"

咲世子为素树的话而感动,同时她也明白,电影的主人公一定会由椎名诺娅来演。素树一定会把自己和诺娅的故事编成电影的,到那个时候,自己已经不在素树的身边了。几年后,素树才三十来岁,正前程似锦,而自己是五十多岁,前途无望,不可能配得上素树了。

想到这里,咲世子没有对素树的夸奖道谢,而是一言不发地离开了展厅。

叶山馆是一个小规模的美术馆,即使不着急地慢慢看,走遍所有的展厅也花不了三十分钟。回到铺着白色瓷砖的广场,咲世子问:"离吃午饭还有一点时间,你打算怎么办?"

素树一到屋外,就开机拍摄。他慢慢地转动镜头,拍摄着周围的景色。一条长长的过道把美术馆主馆、咖啡店以及小卖部都连接在了一起,从这条过道上能看见湘南的大海,海面碧波荡漾,平静而安详。即使在三九寒天的冬季,三浦半岛南侧的太阳光也能叫人感到温暖如秋。

"那就下到海边拍一些采访的镜头吧!"

咲世子和素树两人转到反射着太阳光的建筑物后面,那儿有直接下到海滨沙滩上的台阶。海面上,扬着色彩鲜艳三角帆的冲浪板在海浪上滑行。素树一边在台阶上慢慢地倒退往下走,一边问:"刚才的那幅作品和最近的作品风格好像有很大的不同。对自己的风格变化,你本人是怎么看的呢?"

从纯艺术世界慢慢走向商业美术,要是只用一句话来概括咲世子的这二十年,这是最恰当不过的了。

"为什么突然问这样的问题？"

"你不久前不是说过吗，正在寻找新的创意，想以此来改变现在的自己。在一般人眼里，你已经获得了巨大成功，是什么动机促使你想要改变自己的风格呢？"

走到白色的沙滩上，波涛声比想象的要大得多。

"这个，没有什么可称得上是动机这么好听的东西。只是一直画同样风格的东西，有点腻了而已，到了这个阶段自然就会想到要去改变些什么。只是，最近呢，好像是对'黑色咲世子'这个称号感到腻烦了。"

咲世子慢慢徜徉在海边，暖洋洋的太阳使羽绒服都显得多余。

"我今年四十五岁了。你知道什么叫更年期吗？就是女性在闭经前，荷尔蒙失去平衡，由此给身体带来各种症状，比如：突然汗流如注、睡不好觉、陷入忧郁状态等等。"

这种一般的症状，咲世子也是能解释的，但是，她没提自己看到幻觉的事，那是一种比现实更生动更鲜明的幻觉，而且连诺娅和素树都在这种幻觉里出现过，所以，她是打死也不会说的。

"我的情况，好像比一般人要来得早一点。再过几年，从生理上讲，女人生涯就结束了。所以，我在想，随着身体的变化，应该有与此相称的表现手法和风格。当然，我不会放弃现在被我视为生命线的黑色技法，更何况，我的客户们都是冲着我以前的作品来找我的。"

咲世子的目光被脚下的一块木片吸引了，木片的一头是圆圆的树枝，被太阳晒干，又被海水冲洗，多次反复后，干枯的木片泛出白色。咲世子蹲下去仔细看，沙滩上有很多被海浪打上来的东西，半透明的圆角蓝色玻璃、木偶娃娃的一只手、坚硬得已如同石头一般的绳结。咲世子把这些东西上的沙子掸去，全拾起来放进了口袋里，空闲时，可以用这些小东西画画写生。素树坐到旁边来，把摄影机放得低低的。

"更年期，给你带来了什么样的变化呢？对一个艺术家，或者对一个女性来说，更年期是具有不同意义的东西吗？"

素树提了一个尖锐的问题。这是一个不得不认真思考的问题。咲世子听着波涛声，停了许久以后才说："作为一个女性，到了更年期，就会变得焦躁和忧郁，身体感到不舒服的时候，就连心情也会变得极为恶劣，虽然原因很清楚，也明明知道这不是病。不过，作为一个版画家，倒还没有什么变化。更年期了，所以画得更好了，倒也没有这么回事，当然也没有因此就不能工作了。"

素树压低声音问："那个，做爱时，疼不疼呢？如果你感到不舒服，我会注意的。"

咲世子笑着看着摄影机："这个部分可要剪掉啊。其实，我的朋友当中，已经有人完全失去了性欲。当然也有相反的，想做爱想得快要发疯的人也有。我的情况呢，在这件事上好像还没有什么变化，没有结婚，生活中也没有定期做这事的人，性欲也好像和以前没什么两样。"

素树抬起头来，说："太好了。"

两人一起放声大笑起来。

从沙滩上走上台阶，又回到美术馆前的庭院。刚才还很整洁的白色瓷砖广场上有了点异常，风中飞舞着许多纸片。保安人员跑来跑去在收拾这些纸片。素树拾起一张飘到脚边的纸片念了起来，他的脸色一下子变得铁青。咲世子一把夺过纸片，看见上面写满了黑色的有棱有角的字：

内田咲世子是个淫乱的版画家。把这条母狗的作品从美术馆里清扫出去！

这是离自己家最近的美术馆，对咲世子来说就好像是自家门前的庭院一样，而且还收藏了几幅咲世子的作品，就在此地，有人撒了这样恶毒的传单。又是那个跟踪狂吧，那个三宅卓治的年轻相好、原美术馆策展人的那个女人，那个叫作福崎亚由美的女人。看着传单，咲世子觉得流出的不是眼泪，而是血，她今生今世，头一次感到如此愤怒和屈辱。

咲世子全身都在发抖，她一言不发地走过广场，跑下楼梯。她一分钟也不想在这个地方待下去了。

"咲世子，你不要紧吧？"

素树停止了拍片,紧跟着追了上去。咲世子脸绷得紧紧的,没有回素树的话。要是在此时此地开了口,也许会变成叫唤,或者是大哭。走回自己的车边,咲世子倒吸了一口冷气。

　　黑色的 POLO 上被涂满了红色油漆,混浊的红色就像肮脏的血一样黏黏糊糊地从车身上流下来,把柏油路面都染红了。

　　"走吧,咲世子。我来开车。"

　　素树很快把车开出了停车场。对咲世子来说,自己是怎么坐上车的,又是在哪个加油站洗的车、怎么回到家的,一切的记忆都不存在了。等到恢复知觉时,她发现自己已经躺在家里的床上,旁边空无一人,窗外是黑夜。

　　咲世子发出一阵像是呕吐的声音,低低地哭了一会儿,然后慢慢挪到浴室。只一个晚上,人的心就会发生如此巨大的变化。

　　在度过了幸福的一夜后,现在却要面对没有素树在自己身边的漫长黑夜。

第八章

1

此后的几天里,咲世子一直处于茫然若失的状态。

也没心思去画临近截稿日的报纸连载小说插图,勉强画出来的只是那天在美术馆后边海滩上拾来的漂流物写生。

经过日光暴晒、海水冲洗的绳结,蓝色的玻璃碎片,木偶娃娃的一只手以及那块木片,都是些不起眼的东西。但是,不知为什么,这种干硬的质感却让咲世子感到安心,好像能彻底去掉心里污浊的东西。要是按以前的风格来画,总是会去强调黑色,但是,这些写生画却很强调空白,画面上的东西都像是被漂白过一样。现在,无论是哪个层次的黑色,都不能使咲世子感到安心了。

这几天,咲世子一直在想:自己跟卓治已经分手一段时间了,为什么那个跟踪狂还要来找自己呢?是不是她还不知道自己已经跟卓治分手了?对那个跟踪狂不近情理的所作所为,咲世子不由得怒从心来,因为,自己连跟这个叫福崎亚由美的人怎么联系都不知道,只是一味地遭到来自一个陌生人的攻击,而没有反攻的机会,怒气也无处可发泄。

在这样的时候,可以挽救自己心灵的也只有素树。虽说只做过一次爱,但是素树并没有就此冒冒失失地闯入咲世子的私人生活中,也许是相差十七岁的关系,素树表现得很谨慎,对咲世子也很尊重,虽然每天都打电话来安慰一下,但是并不主动提出要见面。

以往,咲世子和他人第一次做爱以后,总是会像着了火一般狂热一阵子,但是这次却不同,也许是因为那个跟踪狂,也许是因为素树太体贴人,再加上自身更年期所带来的种种变化。

虽说咲世子高兴时或情绪高涨时的心情跟年轻时没有什么两样,但是只要稍稍有点波澜起伏,整个人就好像被抛进了冰冷的大海中,接下去就只是任凭自己的身体慢慢沉入黑暗的大海中,陷入不眠和倦怠的泥沼里。

而素树呢,对刚开始相恋的人陷入忧郁状态,并不做无谓的鼓励,也不发火,只是默默地坐在咲世子身边,捏着咲世子的手,强忍着二十八岁年轻人的健康的欲望。

咲世子觉得,年龄并不是问题,有的人到自己这个年龄也能生孩子,而不会体贴女人的男人不管多大岁数还是不会。咲世子虽然仍是郁郁寡欢,但是对素树的体贴可人还是充满了感激。

不知道素树是不是也感到了咲世子的这种心情。

素树第二次拥抱咲世子是在跟踪狂事件过去后的第六天。

天气渐渐转暖，寒冬即将过去，天空高而浑浊和湘南的大海交相重叠，就像一幅连结在一起的蓝灰色舞台背景，夕阳西下的时间也变得暧昧，白天和黑夜界限不明地交织在一起。就是这样的季节的一个晚上。

在客厅的沙发上，两人喝完了一瓶红酒。咲世子其实并不太会喝酒，喝了两杯红酒，就已经有了几分醉意。刚才还一直在逗咲世子笑的素树突然变得严肃起来。他不看咲世子，而是盯着手中的酒杯说："说实话，这几天，我感到很痛苦。"

咲世子不明白他想说什么，只是把沉重的身体靠在了年轻男人的肩头上，手臂的外侧感到了男人的体温。

"你是不是喝多了？"

"不是。我一直在想，对你来说，我们俩的交往是不是只是一种游戏？我们从那天以后还没有做过爱，不是吗？"

咲世子不知道应该怎么回答才好，至少在性欲方面，她甚至觉得，女人好像更胜于男人。

"这段时间，我在咖啡店里一面工作一面在想和你做的事情。想这样做，想要你那样做。对做爱，空想了无数遍，就好像回到了还是处男的高中生时代。但是，我看你一点也没有再想做这事儿的欲望，那天晚上，是不是只是一次逢场作戏而已呢？"

咲世子在软软的沙发上重新坐好，放下酒杯，将背直起来说："我很抱歉，我没想难为你。不过，女人会有很多烦恼，而且是不太年轻的女人的各种烦恼，对你来说，这可能是比较难想象的东西。"

咲世子上身还穿着黑色毛衣，她慢慢靠近素树，直到能互相觉察出对方的体温的距离，声音也本能地变得有点沙哑起来："就像你想象的那样来使唤我吧！"

咲世子看着素树那长长的眼角，如此近距离看男人的眼睛，就好像是在看一个小小的宇宙，里面有足以让人过一辈子的宽阔空间和光明。与其生活在令人作呕的现实生活中，咲世子宁可栖息在这个男人的眼里，如果这个愿望能变成现实，该多好啊。素树用手抓住咲世子的脖颈，用力把咲世子的脸拢到自己跟前，两人就像是相撞一般猛然开始接吻。

男人，为什么都有一股大海的气息？咲世子一边陶醉在素树的热情里，一边品味着嘴里的男人的长长的舌头。

舌头相互缠绵，好不容易才分开。两人的气息就好像是狂风暴雨中的大海一般，疯狂地接近，又猛然离开。素树两手伸进毛衣里面抓住了咲世子的胸部，胸前的乳房随着年龄的增长开始逐渐变得柔软。

"就这样，别动！"

咲世子坐在了素树的膝盖上，抱着男人的头，大海的气息愈发浓烈了。咲世子先吻了男人的头顶，然后命令道："闭上眼睛。"

年轻的男人把手从咲世子的胸部松开，把背软软地靠在沙发上。房间里,只有角落里那盏木质落地灯亮着,温暖的白色灯光斜打过来,正好落在素树的脸上。咲世子凝视着这张脸,她要把这张脸永远铭刻在心中。

这个人的脸上,在这地方有这样的阴影,啊,这儿还有山,肌肤柔和而又匀称,比女人咲世子的有过之而无不及。咲世子把嘴唇挪到素树脸上的每个部分,要在上面打下自己的烙印。当她的舌头移到素树闭着的眼睑上时,素树嘴里发出了不成语言的声音,长长的身体就好像是一条刚打上来的鱼,轻轻地弹跳了一下。

咲世子的舌头移向素树的脖子,又移到白色衬衫领子下面的锁骨,最后又回到素树那结构复杂的耳朵。咲世子无法控制自己的心情,虽然担心年轻的男人会讨厌自己,她还是忍不住说了出来:"你可别忘了,今生今世,此时此刻,别忘了我,素树,我真的很爱你。"

咲世子把脸靠在年轻男人肌肤光洁的脖颈上,分手是命中注定的,咲世子心中明白,但是,此时此刻,她幸福得快要落泪。

就在这时,素树突然起身把咲世子推倒在沙发上,紧紧拽住她的两只手说:"为什么你要说'别忘了我'?我们才刚开始,不是吗?"

男人用手把咲世子的毛衣撩到了脖子下面,刚才打在素树脸上的美好灯光对咲世子来说却是无情的,她不想让素树看见自己松弛的腹部和乳房。

"等一等，去卧室再……"

咲世子的嘴被男人的嘴堵住了。素树把自己的体重全压在了咲世子身上，两手开始脱咲世子的牛仔裤。在这么亮的灯光下，咲世子不想把中年女人的身体给一个年轻男人看，她拼命地摇着头表示不愿意，可是素树一点不留情面，把咲世子身上的衣服像是剥皮一样全脱了下来。

咲世子全身无力地躺在沙发上，无处藏身，觉得自己的脸发烫，烧到了耳根，羞愧难当。素树俯视着咲世子的全身，说："咲世子，你真美！"

咲世子此时才觉得，不管是什么样的肉体，给自己心爱的男人看，都是无妨的，这是一种无可言喻的快乐。

这天晚上，咲世子和素树一直到最后都没去卧室，窗外天空发白时，两人才回到床上去睡。这张沙发是咲世子已故的母亲生前购置的德国货，比一般的沙发要宽敞得多，能并排躺两个成年人。等到所有都结束后，咲世子稍稍哭泣了一会儿，但这不是因为悲伤。

自己的记忆中，又多了值得回忆的一晚。最近，咲世子对自己不公平的命运也开始充满了感激。

2

经过了第二个晚上,咲世子和素树的关系就像冲破了横亘在两人之间的一道墙,一下子变得愈发亲密了。这层关系和海边的阳光重叠在一起,在咲世子眼里,整个世界就好像是浮在海面上的天堂,变得明快起来了。

披露山被新绿掩映着,灰蒙蒙的湘南大海也开始碧波荡漾。这个世界的中心有了素树,他总是用一种孜孜不倦的目光在追求自己。咲世子步入成年也已经过了二十多个年头,可还从来没有像现在这样从心底感到愉悦。

也许是因为爱情的力量,她的工作也进展得很顺利,无论是报刊上的插图,还是杂志上的小插图,都是信手拈来,创意如清泉一般不断涌出,咲世子只要把这些创意形象化即可。好几个出版社的编辑都有点纳闷地问:"内田女士最近的版画风格好像有点变了,黑色跟以前相比变得柔和了。是有了什么好事吗?"

每次听到这样的问题,咲世子总是笑而不答。这种时候,她的脑子里只有素树的影子,下次用什么形式去表现那个身体呢?又用什么方式去接触那个身体呢?作为一个职业版画家,她已经有了充分的创作能力和表现技术,现在则又多了回到少女时代般的恋情,作品中显现出强有力的光彩,这是理所当然的。

爱情能从深处去改变人,光彩耀人不是因为外面的景色,而是咲世子内心世界里充满了阳光。

素树为去挂了名的电影制作公司露个脸,要回东京三天。素树走后,咲世子花了整整一天时间来清扫房间,又洗了一大堆衣服。她本来就不是个喜欢乱摊的人,所以花了很长时间,把不想让素树看到的东西都尽量收拾干净。

刚喘了一口气,想要喝杯茶什么的,突然,手机铃响了。咲世子一边往厨房走,一边听电话。

"对,我就是内田。"

"啊,咲世子女士,您在家啊。"

与其说是年轻人的声音,还不如说是小孩的声音,是碧露咖啡和素树一起打工的那个大学生西崎。

"西崎君吗? 你给我打电话,可是有点稀奇啊。"

电话里传来了店里放的 20 世纪 80 年代的黑人灵魂乐,这个粗犷的歌声是泰迪·潘德葛瑞斯还是杰佛瑞·奥斯彭呢?

"您一定很忙吧? 真抱歉,不过,这儿有个人,说无论如何想见见您。受美女之托,不好拒绝啊。"

听到这儿,咲世子也就明白他指的是谁了,那个女人只要嫣然一笑,就能使周围的男人拜倒在自己的石榴裙下,咲世子好像看到了那对咄咄逼人的黑色眸子。

"明白了。那,诺娅小姐说了什么?"

西崎压低声音说:"她现在就在我们的咖啡店里,说是在回东京前一定要跟您谈一谈。"

咲世子也明白，只要自己跟素树交往，就躲避不了椎名诺娅。咲世子下了决心，用坚定的语气说："好。你告诉她，我再过二十分钟左右就到咖啡店。"

　　从现在开始化妆也有些麻烦，反正自己怎么化妆，也是敌不过那万里挑一的美女的，更何况对方的年龄差不多只有自己的一半。咲世子对着镜子，只抹了口红，然后把头发塞进一顶绒线帽子里。

　　拿上黑色的皮夹克衫和POLO的钥匙，咲世子带着一种去决斗般的心情出了家门，心中不免又有点自豪，能参与争夺素树的决斗，仅这一点，就能使咲世子感到很满足。

　　在夕阳笼罩下，碧露咖啡的大厅就像是一个被涂上了橙红色的盒子，室内所有的东西都拖着一道长长的影子。透过落地窗，能看见夕阳西下时分的大海，就像是一幅无边无垠的画。咲世子从吧台前走过时，西崎招手叫她过去，然后在她耳边轻轻地说："对不起。诺娅小姐一直不说话，脸色也很难看。我也知道，不应该随便给客人打电话。"

　　咲世子点点头，将目光转向矮一个台阶的阳光露台，那个苗条的黑色倩影就是常常出现在电视上的女演员。

　　"没事，不用在意。我也是经常给你们添麻烦。给我来一杯奶咖。"

　　"好。诺娅小姐说了，绝不会大声嚷嚷，不过，要是发生了什么事儿的话，请马上叫我。"

咲世子点点头,谨慎地迈向椎名诺娅坐的桌子,每一步都好像是在确认自己的脚尖的位置。诺娅穿着一件白色的皮夹克,领子下面能看见 U 形领的灰白色毛衣,绒面革的帽子是米黄色的。诺娅胸口肌肤的肤色丝毫不亚于那光亮纯白的皮夹克,脖子上面还挂着一根沉甸甸的银色十字架项链。

"诺娅小姐,好久不见了。"

咲世子说着,坐到了桌边,诺娅微笑着点头回礼,开口就说:"他都告诉我了。"

对这突如其来的一句话,咲世子哑口无言,只是凝视着对方。眼前这个漂亮的女人的眼球是球形的,咄咄逼人的目光是令人信服的。

"我听说,你跟素树已经是那种关系了。"

咲世子恍然大悟,素树和诺娅之间还是互相沟通的,他们两人在一起度过的时光远远胜过自己。对咲世子来说,和素树度过的时间还只能是以星期为单位,而诺娅则可以用十年为单位来计算。

"我也听他说了他和你的关系,另外,还有你哥哥的事。"

诺娅的表情从沉思变为一笑,如果是拍电影的话,这是非常出色的演技。

"是吗?那,您是知道了,我跟素树,谁也离不了谁,不管是工作方面,还是私人生活方面。"

西崎放下奶咖,马上又回到了吧台那边,好像这两个女人对峙时的力量令他望而却步。而咲世子却如释重负,眼前的对手是个自己绝对战胜不了的女人。她冷静地回答道:"是的,我知道。素树在不久的将来,绝对会需要你的。你的能力和支持对他继续从事电影事业是必不可少的,这点,我也承认。"

诺娅头一次会心地笑了,虽说露出了一排整洁的上齿,但也只是给人一种爽快的感觉,并没有破颜一笑之感。

"到底是咲世子女士,您真是个明白人,我也放心了。我从八岁起就已经决定了,要是结婚的话,必须是跟素树结婚。您也是女人,一定能理解我的这个想法吧?"

咲世子歪着头去想应该如何回答这个问题。

"我八岁时,就想成为素树的女人,等着长大,真让我等得不耐烦了。我们家就住在东京平民区,那儿以前是艺伎们群居的地方,还有很多'料亭'①,男人和女人在那种地方结合在一起,做着什么特别美妙的事。那时,虽然我还不知道他们具体在做什么,但是就是这样觉得。"

咲世子极力去想象一个早熟的八岁的少女,但是眼前的诺娅太完美了,让她无法准确地去想象出这个画面。她反而觉得,诺娅在八岁时就已经是眼前这么美了。咲世子从这个女演员的美貌中感到了一种野性,这不是一种用可爱、漂亮之类的词汇能

---

①"料亭"现在是指高级日本料理饭店,以前则是饭店兼艺伎们表演舞蹈或伺候男人的地方。

142

描绘的魅力,也难怪诺娅会得到众多女影迷的追捧。咲世子点头说:"我能理解你的这种心情,就是说想从内心深处去改变自己,或者是通过别人的力量来改变自己。对你来说,这个人就是他,这不是很完美的结局吗?"

诺娅低下头轻声笑了笑:"我十三岁的时候,刚上初二。素树说还太早,可我就是不能再等了。总是一个人想着怎么做这事,另外,我还想,要是素树跟一个比我更出色的大人好了怎么办,等等。头一次的事,你听他说了吗?"

"没有。"

年轻女人的脸微微有点兴奋起来。诺娅兴奋起来,脸上有一种来自内心深处的光彩,素树能控制住自己去抵制这种魅力,反倒令人不可思议了,就连咲世子都想伸出手去触摸这种光彩。

"那是暑假的最后一个周末,星期六的傍晚,不知道为什么,那天一起在搞外景拍摄的我哥跟我们走散了。而我到那天差不多都快绝望了,因为,我在这之前已经暗暗发誓,要在这个暑假献出处女身。我一旦决定了自己想要做的事,没有不成功的。所以,当素树说'回家吧'的时候,我失望极了。"

诺娅脸上带着柔和的微笑,而目光却投向了远方,就好像远处正站着一个下定了天大决心的少女。咲世子沉默着,等她继续说下去。

"于是,我对素树说了,今天,你要是在这儿不抱我的话,我就去涩谷①跟第一个和我搭讪的男人做爱，我不会让任何人阻止我的。我是真心这么想的。"

"于是，素树就和你睡了，是吗？"

诺娅微微地点了点头，又抬起头来。

"两个人都是头一次，所以到做成，花了整整两个小时。不过，我真高兴。那年，从夏天到秋天，除了上学，我所有的时间都是和素树在一起度过的。"

咲世子也微笑了，回想起来，自己不也是一样吗？那扇神秘的门一旦被打开，就再也无法抗拒性爱世界的诱惑，这种心情是无论什么时代的人都一样的，人类的生命不也就是这样延续下来的吗？

"接着，冬天来了，是吗？我听素树说了，真是不凑巧的事。"

诺娅并没有垂下头去，脸上明快的微笑也没有丝毫变化。

"他也许是在自责，但是，怀孕是我期望的结果，并不是他的错误，我也没有后悔过。我想有个永远把素树留在我身边的东西，也想要双方的父母都为此同意我们之间的事儿。所以，我觉得最好的办法就是要一个孩子，我可以一边上学一边照顾孩子。"

咲世子吃惊地瞪大了眼睛看着眼前这个女演员："他知道你是有意这么做的吗？"

---

①东京的繁华地带，也是年轻人比较多的红灯区。

椎名诺娅把目光转向吧台，正好和西崎四目相撞，就顺水推舟地向西崎微微点头致礼，然后又回过头来说："这个，我就不清楚了。也许他也察觉到了，不过，都已经是十年前的事了。"

"诺娅小姐，你不觉得我会告诉他吗？"

诺娅把两道像利剑一般的目光投向咲世子，说："您不像是做这种事情的人。如果我看错了，如果您是个会偷偷把话传给素树听的女人，就不可能跟我在这个地方平起平坐了。"

咲世子眼前的这个娇小玲珑的女演员突然变得成熟起来，咲世子甚至觉得，中年以后的诺娅随着岁数的增长，一定又会别有一番风采，这是一种与生俱来的魅力。咲世子还是紧追不放："要是一般人的话，是不会告诉自己的情敌自己做过人工流产什么的。你为什么要对我说这些呢？"

诺娅的目光丝毫不回避咲世子的视线："我想让您知道，我不只是一个被当作花瓶的可爱偶像。还想请您记住，凡是我想要的东西，都能弄到手。现在，素树只是处在一个迷茫的阶段而已。"

素树在恋爱方面也好工作方面也好，都处在迷茫之中，这一点就连在素树身边的咲世子也明白。

"湘南这个地方，是个逃离东京治愈心伤最合适不过的藏身之处。不过，素树有他出色的才华，这个才华不只是属于他自己，也不只是属于我。"

咲世子在心里说，也应该加上我。诺娅好像看穿了咲世子的这种心情，又说："当然，也不只是属于您的。通过画面，能准确表达出故事内容，并能拍出感觉的人，毕竟是不多的。这是一种特殊的才华。就连所谓的专业电影导演，也不是谁都能做到的，做不成大事的专业人员有的是。而我，喜欢素树，又比谁都知道他的才华，所以，咲世子女士，拜托您。"

椎名诺娅脱掉了帽子，一头乌青的黑发像瀑布一样倾泻下来，诺娅把头在桌前低下："我暂时把素树托付给您，请您帮助他重新回到以前的工作中来。我太忙了，不能总在他身旁。他现在追求的人，说起来令人寂寞，好像不是我。"

说到这儿，诺娅却嘿嘿地笑了起来。

"也许是我在跟自己过不去，跟素树分手以后，我生活上一直是在胡来。您看上去像个大姐姐，所以就跟您说了，我差不多每个月都换一个男人，这个可绝对不能告诉素树啊。不过，至此，我才明白，光是做爱是不行的。这个瞬间也许会觉得快乐，但是跟一个自己不爱又不能尊敬的人去做爱，完了以后，心中留下的只是一股酸涩。"

咲世子也忍不住笑了，她不由感到，诺娅还具备了一种磊落的魅力，能轻易地让情敌在瞬间成为自己同一条战壕里的战友。咲世子对诺娅没有丝毫嫉意，也许这是因为诺娅打心眼里爱着素树。

"那，你对素树跟别的女人发生关系，有什么看法呢？"

诺娅的眼神有些黯淡了："非常难受，妒忌得要命。听说了他和您的第一夜的事后,我一晚没睡好。为什么不是跟我,而是跟一个差不多能当我母亲的人做爱?当然现在也很妒忌,但是我对自己说,为了素树,我要忍耐。我很会对自己做自我暗示,所以精神上没有问题。"

诺娅瞟了咲世子的胸口一眼,又说:"我都听素树说了,说您很厉害,连我都觉得很佩服。人到了四十五岁,做爱也是很有意思的吗?"

对这个问题,咲世子驾轻就熟。咲世子笑着说:"当然,比你现在觉得好的感觉还要好上一百倍。上了年纪,有些东西会消失,但是相反也会得到更多的东西,反正你是想象不出有多好的。"

"真的吗?太羡慕了。"

对诺娅的反应,两人不由一齐哈哈大笑起来。继而,咲世子又一脸严肃起来:"素树的事,我明白了。只要他能回到原来的人生轨道上,我会尽力帮助他的。他跟你在一起,一定比跟我在一起要强得多,这点,我也知道。"

椎名诺娅看着咲世子的眼睛说:"谢谢。"这是爱着同一个男人的两个女人才会分享的感情,有嫉妒,有愤怒,也有寂寞。但是,她们在众多男人中选择同一个人,又被同一个人所选择,有心心相通的地方也不足为奇。

咲世子把视线从诺娅身上移开,转向大海,夕阳西下已过了大约一刻钟,橙红色在地平线上变成了一根淡淡的丝带。同样凝视着夕阳落下的诺娅突然又说："对了，我哥前几天给我来电话了，说是已经筹集到了拍电影的资金，要另起炉灶。"

素树的疗伤时间也许不会太长了，要在这么短的时间里，把他留在自己的心里，留在自己的身体里。咲世子眺望着快速转为黑夜的大海和天空，暗暗下了决心。

第九章

1

宁静的日子又回来了。

湘南一带春天来得早,而最先告知春天到来的是湘南的大海和天空的色彩。作为版画家,咲世子对色彩的变化尤为敏感。春天来临时,天空从清澈凛冽的蓝色变成浑浊的白色,就好像是什么人不小心打翻了牛奶,使得天空下的大海也变成一片温软的混浊。

咲世子深深明白,和年轻男人的恋爱总有一天会结束,但是现在的甜蜜感却令她如痴如醉。为了让素树重新回到电影事业中去,咲世子觉得自己好像成了一只母鸟,只要精心呵护好雏鸟就行,到了能展翅翱翔的时候,素树就一定能自由自在地飞翔在高高的天空里了,自己是不能阻止这一刻到来的。两人同是从事创作的人,咲世子也想帮助素树尽早恢复工作。但是,真要到那个时候,咲世子就必须像母亲那样放手了。素树要回去的世界是和咲世子的鸟巢完全不同的地方,那儿,有年轻的椎名诺娅在等着。

跟踪狂那边的骚扰似乎也告一段落了,咲世子把自己所有的时间都放到创作报纸连载小说的插图上或创作版画的工作上,放到和素树一起共度的完美时光里。人说感到充实,也许指的就是这样一种生活吧!咲世子二十五岁左右时,在美术领域崭露头角,而今天,二十年前的创作欲望和灵感好像又重新回来了。爱情真是不可思议,一个男人的微笑可以使生活的细节都变得充实起来。咲世子不信教,不信神,但是,在人生之秋,能享受到如此甜美的爱情,咲世子不由得想去感谢恩赐给自己这样一个机会的上帝。

那个电话来的时候,咲世子正一如往常专心致志地画着从海边拾来的漂流物的写生,那些经过海潮长年累月地冲洗和日光暴晒的东西,不管原来是什么样的质材,都出现了掉色现象——棱角被磨得圆圆的,玻璃和缆绳这些原本属于完全不同类型的东西竟也变成同样的风格,对适合表现物的质感和棱角的版画来说,都是最合适不过的素材。咲世子把自己关进工作室里,对着曾经漂在大海上的缆绳绳结一口气画了几个小时。就在这时,手机响了:"喂。"

"咲世子吗? 是我。"

耳边传来了三宅卓治那久违的声音。在碧露咖啡分手的那个晚上是他们最后一次见面,卓治在那以后倒也没有恋恋不舍地打电话来。咲世子用一种对久违了的老朋友说话的语气说:"是你呀,真稀罕。怎么啦?"

"你才稀罕呢。那个年轻的男人怎么样了? 还没把你给扔了吗?"

卓治就是这样的男人,马上就穷追猛攻别人的弱点。

"托您的福,我们关系很好。"

"是吗? 不过,我跟你说的话也没有变哟。"

在碧露咖啡的停车场,卓治曾说过,要是自己跟素树分手了,就重新恢复两人的关系。说这话时,卓治还流了眼泪。从某种意义上来说,这件事让咲世子觉得很痛快,但是,她已经没有和卓治重归于好的打算了。

"重修旧好是妄想!你不是为了说这话给我打电话的吧?"

男人从鼻子里发出笑声:"那当然。我已经辞了 MACHIE 画廊的工作。"

"真的吗?"

"不用担心,是和谐辞职。当然,我要开一个自己的画廊,名字也决定好了,就叫'画廊—M'。已经租好了银座一带最边缘地带的一间房子,所以,我要跟你商量一些事儿。"

卓治有眼力,也有能力,新的画廊也一定会成功的,MACHIE画廊在经济不景气的时候也能获得令人称奇的发展,几乎可以说多亏了卓治的鉴赏眼力和做买卖的能力。

"今年春天要开张,最初的三个月里,每两个星期办一次画展。我打算,让新老画家交替开个人画展,当然希望咲世子你也能加入我的这个计划。这不是出于昔日情人关系的要求,而是业务方面的洽谈,我要高价出售你的版画作品。怎么样,最近除了插图,有没有从事别的什么创作?"

咲世子看着眼前的写生画册,白纸上隐约能看见一根断了的缆绳绳结,这种风格跟被叫作"黑色咲世子"时代的版画完全不同,画面上充满了光明,而不是以前的黑暗和阴影,这是爱情所带来的光彩吗?咲世子为自己的想法感到可笑,不由得笑了起来。

"喂,你怎么啦?"

"我明白你的意思了,把我排在后面吧!现在,我正在创作一些新的风格的东西。再过三个月,也许就能拿出开个展的作品来了。"

"哦,是吗?都是些什么样的作品呢?"

"看了以后,你就会知道了,现在还没有成型呢。不过,我觉得可能会和我以前的作品有很大的不同。"

卓治在电话那头笑了起来:"对做生意的人来说,画家保持原有的风格,是一道安全线。不过,也行,就按你的想法去画吧,说不定会更成功。"

卓治年轻时曾是个精力充沛的美术评论家,现在已彻底变成了靠卖画为生的商人。评论家,只要把精力放在美术作品上就行,但画商则必须有双重标准:艺术家的人气和作品的销路。咲世子这边虽然数量不多,但也有一些固定的"粉丝"。

"哎,我问你,那个姑娘怎么样了?"

问这话时咲世子的声音也自然低了下来。

"你是问亚由美吗?"

"是,就是这个人。"

咲世子没有告诉卓治,那个女人在叶山的美术馆撒了很多诽谤自己的传单,还往自己心爱的车上泼红色油漆。但是,直到现在想起来她还是气不打一处来。

"那家伙真是麻烦得要命,在东京到处转悠,差不多每天都往我家送一封信,害得我老婆都快发疯了。你那边怎么样?"

咲世子看着窗子,想起了曾经贴在客厅窗框上的没有贴邮票的信封。

"最近好像有点平息了。"

"我们的夫妻关系也终于因为那个女人完蛋了。变化这个东西一旦出现,就会引起连锁反应,离婚、开新的画廊、重新过上暌违二十年的单身生活。现在,我跟你一样,也在重享青春。"

咲世子不由"扑哧"笑出了声,她还从来没见过像卓治这样不配"青春"两字的男人。

"除了画廊,也有新的情人了吗?"

旧情人在电话那头笑里有话地说:"怎么,你以为我就没有可以一起做爱的人了吗? 当然,要谈恋爱的话,就有点力不从心啰。"

咲世子突然变得认真起来："我跟你说真的，光是肉体可不行啊，还是要有爱情，一定要先有动心之处。到了我们这把年纪，心肠就越来越硬了。"

卓治玩世不恭地说："知道，知道。咲世子，你是因为有了年轻的男人，开辟了新天地，就这么说大话。我也是为了要让新画廊成功，吸引一两个女人还是轻而易举的。在银座工作时，我就梦想着有一天要开自己的画廊。只要能让这个画廊成功，恋这个，爱那个，什么都能干。"

虽然动机有点不纯，但是听到自己的旧情人干得不错，咲世子心里还是很高兴的。

"你能这么想就行。我画到一定程度以后，会请你到我这里来看看。"

"什么，我还能重登你的家门吗？"

"是的，不是作为昔日情人，而是画商。"

"知道了，知道了，大画家先生，那我就作为画商去拜访您，行了吧？"

咲世子笑得灿烂如花，然后挂上了电话。春天来临，即将开始新生活的不只是咲世子一人，卓治也在为开辟自己的世界全力以赴，下一个就是素树了。现在，对人生最消极的是最年轻的素树。

但是，咲世子又在暗暗企盼着，希望素树的康复时间能再延长一点儿,她想能再多拥抱几次年轻男人那柔和如羽毛般的炽热的身体。

2

春天,一个风和日丽的星期二,咲世子开着POLO直奔逗子玛丽娜公寓。从自己住的披露山区开车去素树住的公寓,直线距离仅一公里左右。但是,沿着海边的山坡倾斜度很大,路也很陡,骑自行车几乎是不可能的,走着去吧,又是挺长的一段路。

副驾驶座上放着一个装满了三明治的篮子,在咖啡店打工的素树白天都有空,所以,今天去素树住处,是摄影加约会。汽车开进沿海大道后,右边就能看见小坪的渔港,打完了一天鱼的渔船靠在港口,船头对着岸边,排列整齐,渔港在忙完了一天的工作以后,显得悠闲、宁静。从港口能看见道路两旁高高的椰子树和几栋面向大海的具有南欧风格的公寓。

逗子玛丽娜公寓在建成后的第二年,就因著名作家川端康成在此地自杀而出名。从远处看,公寓是红色的房顶和白色的外墙,但是走近看,这些建了已经有三十五年的公寓也显得陈旧了。而那些像宇宙飞船那样的圆形窗户可能是当时的流行款式。

咲世子把黑色POLO停在停车场,走上通往公寓大门的白色台阶。台阶好像已经反复涂过好几次,涂料就像地层一般厚厚地重叠在一起。电梯也是老式的那种,操作的界面不是现在的电子界面,而是按钮式,必须用力按才行。

到了八楼,咲世子看着号码,找素树的房间。公寓缺乏生活的气息,也许是因为不到季节,人也比较少。找到了 812 号房间后,咲世子按了门铃。

"喂。"

"是我,咲世子。"

素树好像早就等在了门口,门马上被打开了。

"请进,房间里乱得很。"

咲世子走进门,穿过走廊,直接进了里面的客厅。圆形窗户的直径大约有一米,不过,好像是塑料玻璃窗,上面有很多道擦痕,使湘南的大海看上去蒙上了一层灰雾。

"乱什么呀,比我的工作室要干净多了。"

客厅的地板上堆了大量的 DVD 光盘和书籍,盖过了三分之一的白墙。素树上身穿了一件白衬衣,下身是一条米黄色的棉布裤子。这一身衣服是仿旧加工过的,看上去皱巴巴的,这种显气质的时装有了一道别出心裁的加工,反而与这个纯真朴实的青年更相称。咲世子对整理着地板上的书籍的素树说:"这个公寓刚造好的时候,价格可贵得惊人呢。"

这还是素树出生前的事呢,当时还是小学生的咲世子依稀记得,电视新闻播过公寓开盘时的热闹情景,没想到在这种地方也能感觉到十七岁的年龄之差。

"不过，现在到处都开始老化了，好像身价也跌了不少呢。管理玛丽娜公寓的物业公司手头积压了好多卖不出去的房子呢。这房子是我们公司老板的，白住在这儿，不能太嚣张。"

咲世子看了看朝着大海的阳台，深更半夜，在这个阳台上，不出声地做爱的话，感觉一定会很好吧？现在是春天，半夜三更会有点儿冷，再过一段时间，更好的季节就会到来……

"天气预报说，今天下午转阴。我们早点儿去，趁着光线不错时开始拍吧！"

咲世子被素树这么一说，感到有点儿不好意思，自己在想着做爱，而素树却已经在忙着拍摄纪录片的准备工作。不过，即使是这样，素树有时也会突然很热情，只是，欲望什么时候会出现在他脸上，对咲世子来说还是一个谜。

"好的。我车上已经准备好了中午吃的东西，马上走吧！"

所有的东西都由素树提着。咲世子表示自己来拿放着三明治的篮子，可素树说哪有被拍的人拿着吃的东西的，坚决不同意。

逗子海岸是浅滩，海岸线呈弧形，延伸约一公里。海面上能看见几个正在玩冲浪的人，因为还是淡季，所以几乎没有别的游客。太阳高高地悬挂在天空的正中，使得人影看起来很小。

咲世子穿着凉鞋，走在海边，海浪拍打在她脚边。今天，她穿的是一条细腿白色牛仔裤，上身是一件薄薄的黑色麻布猎装，猎装的肩上还有两道装饰性的肩章,腰部系着用同样布料做的带子,显得非常潇洒。素树一只手扶着肩上的摄影机,一只手拎着装有三明治的篮子,眼睛则紧盯着摄影机的取景器,一开始拍摄,素树就好像变了一个人。今天的第一个问题是:"作为搞创作的人、一个艺术家,年龄增长意味着什么?"

素树是个很会问问题的人,一下子就能问到要害之处。

"这个,我觉得就跟这个世界上会发生的所有事情是一样的,年龄增长,有好的地方,也有不好的地方。好的地方是,对自己胜任不了的事,有了自知之明。"

素树好像有点不明白:"知道了自己胜任不了什么事,难道是件好事吗?"

咲世子一边用脚心去感受着阳光下的沙滩的触摸,一边慢慢地走着。

"是的。这个世界上有很多人,常会因为自己胜任不了的事、圆不了的梦而受到打击,心灵遭遇创伤。甚至有些人会因为努力想去实现并不属于自己的理想而受到伤害。"

咲世子想,作为拍电影的人,素树应该明白这个道理。咲世子又继续说:"随着年龄增长,就会明白,这个世界上自己能胜任的事情其实只有很少一部分。而同时,只有一直在勤勤恳恳地做好自己工作的人,才会明白自己能胜任的事到底是什么。"

素树流露出一个会心的微笑:"不过,有时候这只是一件很小的事吧?"

咲世子对着小小的镜头绽露出一个笑脸。海风吹来,打乱了她的前发,咲世子用涂了指甲油的手指把头发捋了上去。

"你的身体会渐渐明白,在一些很小的事情里有无限的自由,无论是在最简洁的创作中,还是在受到各种限制的技巧中,都会有一个完整的世界。"

咲世子蹲下身,用手捧起沙子,对着镜头纷纷扬扬地撒了一把:"'从一粒沙子看世界',这是一个英国诗人说的名句。我有时候也觉得,在一张邮票大小的画面上也能画出一个宇宙,画出一个世界,画出人生的所有奥秘。当然这么想的时候,多半是喝醉了的时候。"

"那么,相反,年龄增长有什么不好的地方呢?"

这要说的话,可就没完没了了。

"皱纹多了,疲劳不容易消除了,身体变得不灵活了,胸部和屁股都往下垂了,这是以前没有的。只因为几微毫克的荷尔蒙之差,就会变得忧郁、失眠。不过,这些全都是女人的问题,跟艺术家毫无关系。"

素树笑着催咲世子往下说:"现在身材都这么好,年轻时,是不是身材相当好呢?"

咲世子对着镜头挤了挤眼,在四十五岁的今天,居然还能朝年轻的恋人挤眼,这世界也真有点黑白颠倒了,好像是盛夏时雪花飘舞。

"如果你剪掉这部分的话,我就告诉你。年轻时当然身材很好啦,有很多男人追求过我。"

素树像是个调皮的孩子似的笑了:"我当然知道,全都看见过了。不过,废话到此为止,请你告诉我,作为一个搞创作的人,随着年龄增长会出现什么问题。"

"好,好。"

咲世子看着午间的大海,这总是波澜起伏、摇曳不停的汪洋大海。

"首先,我觉得是心灵变得麻木,不太容易接受新的东西了,如果不注意到这一点,创作出来的作品也往往会重复自己过去的风格。搞创作的人,总会有自己巅峰的时候,所以往往容易去追求自己最佳状态时的风格。于是,作品的世界就会变小,变成再生产而已。模仿自己,是搞创作的人最大的毛病。"

"但是,您总是在追求新的风格吧?"

素树的语调微微上扬,是一种提问的口吻。

"当然,新的尝试无论什么时候都是绝对需要的。虽然,客户们是冲着我以前的风格来的,本人是职业画家,当然不会忽视这个问题,但是,要是总是如此,那就只是单纯地重复了。"

咲世子在脚底下的沙子中发现了一个发着浅绿色光彩的东西。她拾起来放在手心上,是汽水瓶的碎片,棱角都被海水冲圆了,微微发白,看上去像是一个不可思议的生命体。

"最近,你总是埋头在画海上漂来的东西。我想,这也和你的新的创作有关吧? 对你来说,这意味着什么呢?"

对素树的这个提问，咲世子一时语塞，与其说对海上漂来的东西有什么感想，还不如说就是想先画而已。咲世子一般都是要过很久，才会去分析个中道理，她不属于那种先用语言来表达自己想法的人。咲世子甚至觉得，搞创作的人，脑子迟钝点也没问题，甚至可以说，脑子迟钝的人最适合搞创作。咲世子一边在脑子里寻找词语，一边慢慢地说："我也不太清楚，为什么要去画这些东西。不过，现在我对这些在海水中长年累月漂流的残片，产生了一种亲近感。这些残片被海水冲洗得连伤痕都消失了，连色彩感也都变成了一样，就是说，被冲洗到原来是什么样的颜色都辨认不出来了，唯有形状留了下来。我看着它们，甚至想，这些孩子们经历了这么多，原有的表面上的东西虽然没有留下任何痕迹，但是反而更增添了一层独特的魅力。"

咲世子把目光从大海移向素树，微笑着，任凭海风把头发吹得乱成一团。

"像你这样的年轻人也许不会明白，但是，和我同龄的中年人对我的这种感觉一定会点头表示同意的。在痛苦的岁月中挣扎过来的人，经历了狂风暴雨的洗礼，饱尝了又咸又涩的海水滋味，终于走到了今天这一步。"

咲世子高高举起被冲洗得发白的玻璃残片："你看，这块玻璃被冲洗成这样，还依旧保持着自己的形状。不仅如此，应该说，比以前更美更坚强了。我看见大海上漂来的东西总会这样想：这不是什么东西的残片，而是漂来的流光溢彩。"

这时,咲世子的右眼落下一滴泪珠,为什么会落泪,咲世子自己也不明白。这几个星期,自己埋头在画的东西竟然蕴含了这么深奥的道理,就连自己也是今天才第一次发现。到目前为止,自己经历了种种痛苦,原来都是为了追求有光彩的东西啊。

"哎,你把摄影机停一下。"

素树没有停下,而是把镜头直直地对着咲世子:"不行,不能停。咲世子,你想哭就痛痛快快哭个够吧!我要是停机的话,拍的意义就没了。"

在春天的阳光下,在浩浩荡荡铺展开来的大海前,咲世子泪水簌簌而下,就连自己也不明白为什么会落泪,而泪水却不由自主地从内心深处的什么地方涌个不停。咲世子呆呆地感受着自己的眼泪,所幸守望着自己泪水的是素树。而且,咲世子也明白,自己的眼泪并不是因为痛苦和恐惧,而是来自充满了幸福的内心,眼泪在滋润着自己的内心的表层。

"我一定哭得像个大傻瓜。"

素树那低沉的声音柔和地传了过来:"一点儿都不是,要是现在这里有个人这么说你的话,我会把这家伙打翻在地。"

这是一句很能安慰人心的话,咲世子一脸泪一脸笑:"谢谢你,素树。"

这天最初的摄影成了片子的高潮。

两人在沙滩上铺开塑料布,吃起了午餐。三明治是咲世子自己做的,面包里夹着生火腿肉、烤鸭,还有熏三文鱼等等,调味料是咲世子自己调制的沙拉沙酱。

咲世子担心自己是不是做得太多了,可年轻的素树却以惊人的速度吃光了所有的三明治,年轻人的食欲真是令人羡慕。海面的上空飘着一大块像奶油泡芙一般的云,云的上面反射出白色的太阳光,而云的下面则是浑浊的灰色。

咲世子和素树回到了海滨浴场的停车场。素树开着POLO,咲世子喜欢坐在副驾驶座上遐想。从逗子海岸到玛丽娜公寓只需几分钟。卡尔斯·桑塔纳的长长的一曲吉他独奏还没听完,车就已经到了公寓前。

停车场上停着一辆咲世子从来没见过的像昆虫似的跑车,车身是鲜艳的黄色,素树用一种古怪的表情看着这辆车。就在打开POLO的车门时,突然下起雨来。

"雨要下大了,快跑。"

咲世子把猎装的领子竖了起来,素树则抱住装有摄影器材的布包,两人一起跑回到了公寓的门厅。道路两旁的椰子树顶端在风中摇曳,风中飘来一阵春天的温暖气息。风拂过身体表面时,让人产生了一种被湿漉的指尖触摸时的激情。

咲世子在上电梯前,确认了四周无人后,和素树四目相锁。咲世子眼里已经只有素树的眼睛和嘴唇了。接吻时,两人都张大了嘴巴,舌头互相缠绵,激情四射。

素树按下电梯按钮后,按按钮的手又回到咲世子的胸前,在纽扣当中寻找目标。两人跟跟跄跄地走进电梯,在老式电梯爬到八楼时,两人也一直都在气都不透地接着吻。

出了电梯,素树在咲世子耳边说:"咲世子,回房间咱们就来吧,好吗?"

咲世子用甜美的声音应着:"你就是在房门口就袭击我也行啊。"

素树牵着咲世子的手快步走向自己的住处,咲世子也怀着迫不及待的心情跟在素树宽宽的肩头后面。好像发现了什么似的,素树突然产生一种吃惊的感情。

"怎么啦,素树?"

咲世子越过素树的肩头往前看,在素树的房间门前,站着一个跟素树差不多年龄的男人,个子不高,但是长得很精悍,眼角部分跟那个女演员椎名诺娅很像。素树好容易挤出一声:"……清太郎。"

咲世子倒吸了一口气,此人就是素树儿时的朋友,也是那次事件的罪魁祸首。男人露出一种疲倦的表情笑了笑,说:"突然打搅,不好意思。那位是……"

素树往边上挪了一步,把咲世子整个展示在清太郎前面,弄得咲世子倒有点难为情起来了。素树用清晰的声音对朋友说:"版画家内田咲世子,现在是我拍的纪录片的主人公,也是我的新恋人。"

清太郎苦笑了一下,耸了耸肩膀:"你已经和诺娅分手了,爱跟谁好就跟谁好吧！能不能先让我进屋子,我已经凑足了钱,咱们快点商量新的拍摄计划吧,杀个回马枪,要让整个世界知道我们的能力。"

素树用钥匙默默地打开了铁门,咔嚓的金属声使咲世子打了个冷战,她朝清太郎的方向看去。

(此人会给我们的关系带来什么样的结局呢？)

咲世子跟在素树后面走进了老式度假公寓那黑洞洞的走廊,身后则感到了和素树完全不同的目光在冷冷地打量自己。椎名清太郎,要注意这个人。母鸟的本能在告诉咲世子,新的危机即将到来。

第十章

1

打开了灯，客厅还是显得有点暗。刚进房间，大颗大颗的雨滴就倾盆而下，四周一下子充满了雨声。咲世子站在窗前，俯视着被雨点打成灰色的公寓大楼，椰子树被打湿了，网球场也被淋湿了，停在岸边的帆船、灰色的大海也都泡在水里，空气湿得几乎令人窒息。

素树进了屋就一头扎进厨房，感觉好像是在说想一人独处，哪怕是一段短暂的时间。椎名诺娅的哥哥清太郎脸上泛出讪笑，一人坐在老式沙发上，沙发的橡木扶手泛出深邃的光泽。清太郎的白色西服在房间里显得有点扎眼。

咲世子不知道自己应该待在哪儿，在两个打交道已有二十多年的朋友之间，有自己插足的余地吗？毕竟自己和素树才结识不过几个月，更何况这两个人又共同拥有电影这个艺术和赌博几乎同比例的事业。

"素树是个与众不同的人吧？"

清太郎的声音很大，虽说很响亮，却带有一种类似金属互相摩擦的响声。咲世子鼓起勇气看着这个突然冒出来的男人，说："哪里，我是版画家，习惯了，吃我们这碗饭的人，与众不同的人有的是。依我看，素树还是属于心态很正常的人。"

咲世子从事职业美术家已有二十多年。在这期间，耳闻目睹过许多艺术家自杀、失踪、抑或是由于极度的内向而造成精神世界的崩溃，搞创作本身就是一个远离安定生活的工作。

"你也听说过我跟素树的事了吗？"

"啊，他对我说过处女作遇到麻烦的事情。"

清太郎头一次感兴趣地看了看咲世子："他都说了些什么？"

"他说，都是自己不好，一定要拍跟电影故事没有关系的群众场面，结果大大透支。他说，做了对不起你的事。"

清太郎笑了，不过笑得有点不耐烦。

"素树这家伙还这么想吗？电影导演，就要敢作敢为，要能当恶人。策划人和投资者的一两个人遭点罪，根本不用放在心上。要是连这点都挺不住的话，一开始就别插手电影这个行当。"

"是吗？我觉得，电影也不见得就是什么特殊的东西吧？"

素树端着托盘从厨房里走了出来，清太郎的表情立刻来了一百八十度的大转弯，他满脸堆笑地说："我听诺娅说了，你现在在海边的咖啡店里当侍应生。你这端咖啡的样子，真内行。行啊，可以指导演戏了。"

房间里顿时充满了咖啡的香味。L形组合式沙发的单座部分由清太郎占着，素树和咲世子则一起并排坐在靠窗的部分。三人坐下后，清太郎就看也不看咲世子了，他探出身子对素树说："钱都凑齐了，你的处女作随时都可以重新开拍。我跟诺娅也联系好了，她的工作日程从春天到夏天全都已经排满了，不过她说再怎么忙，也会抽出时间来的。怎么样，素树，什么时候回东京来？"

　　听了这话，大概这世上的年轻导演都会高兴得跳起来，可素树却一动不动，好像在全神贯注地听着外面的雨声，好久才开口说："你的资金是从哪里凑来的？我可不想再卷入上次那样的事件中。"

　　清太郎夸张地大笑起来："这可不是你当导演的人要担心的事儿，钱这玩意儿本身是没有好坏之分的。"

　　"不过，已经发生过一次那样的麻烦事了，不会有正经的人给我们资助的。清太郎，我告诉你，要是再发生同样的事情，你我就都永远吃不成电影这碗饭了。"

　　清太郎把背靠到沙发上："那，你就一辈子烂在这湘南海边吗？你看，这个度假观光胜地已经活像前一个世纪的遗迹。素树，也许你以为机会有的是，可现在很多不到三十岁的导演都开始发表处女作，要在电影界争取一席之地。不管是多么有希望的年轻导演，都会变老的。诺娅现在正红得发紫，也许就是巅峰了，先拍一部怎么样？要知道，你还没成为真正的电影导演呢。"

咲世子默默地听着策划人的话，一句句好像都挺有道理的。但是，创作意味着搞创作的人必须毫无保留地付出自己的一切，如果心灵深处还在摇摆不定的话，这种摇摆不定就必然会在作品里反映出来。咲世子转过头问身边的素树："你觉得，自己已经做好思想准备了吗？"

年轻男人摇摇头，敞开的衬衣领子下面能看见呈 V 字形的肌肉线条。

"不清楚。但是，现在马上拍是不行的。"

清太郎不耐烦地问："为什么？"

素树直勾勾地看着儿时的朋友："我现在正在拍别的作品，是一部纪录片，但是我相信一定能拍成一部很好的作品。"

策划人把目光从素树身上移向咲世子，调侃地说："你看出诺娅具备女演员的素质时，也是这么说的。你一向就很擅长拍女人，不过，你旁边的这个人既不是女演员也不是艺人。打算在什么地方发表这部作品呢？"

"还没有具体打算，只是想拿到什么纪录片电影节上去，但也不是什么宣传片。"

清太郎一脸不满意的表情："我说，这样的作品，你就作为兴趣拍吧！素树，你的才华加诺娅的魅力，然后再加上我的策划，三个人凑在一起，能吸引全世界的观众，所以，完成一部片子，就能成为咱们三个人在电影界里的通行证。"

咲世子明白，这其实是搞创作的人和策划创作的人的立场不同而已，在美术世界里，这就应该算是画家和画商之间的分歧。咲世子开口说："清太郎先生，你想让素树成为一个什么样的电影导演呢？是个能老老实实地按计划拍片的工匠，还是一个有创作能力的电影人呢？"

清太郎给了咲世子一个冷笑，说："都要。首先应该是一个工匠，要能遵守创作日程，又能按预算拍片。同时又必须是能高水平地表现个性和娱乐性的电影人。就算是句玩笑吧，这样的电影导演，全世界找的话，也许只能发现几个吧？"

清太郎又转向素树："当然，我尊重你的创作意图，但是，人生中也有明知有危险还必须去用力踩油门的时候。记住我的这句话，我要帮助你在三十岁前拍成处女作。零，终究是零，有了一，才会有二。"

清太郎从口袋里摸出一张名片放到桌上："这是我的新的联系地址。你要是想好了，就马上给我来电话。只要说一声'干'就行。我已经都准备好了，两个星期后就能开拍。咱俩这就说定了，可不许反悔啊。"

清太郎用一种极为认真的表情盯着素树，即便此时素树命令他"跳进火里去"，他也会义无反顾地去做吧，这就是"才华"所具有的魔力。这一点，咲世子比谁都明白，自己身旁坐着的这个性格温顺的青年就有这样一种魔力，使得对面的这个人忘我地在劝说。椎名清太郎和诺娅这兄妹俩，然后加上自己，也许还能加上画商三宅卓治，谁碰上了素树，都会改变自己的人生轨道的。

清太郎不等素树回答，就从沙发上站了起来："突然打搅，对不起。两个人在走廊时的气氛很不错。"

两个人手拉手走在一起的场面被清太郎看在了眼里，咲世子不由得脸红了，而素树只是魂不守舍地盯着桌上的白色名片。

2

原定下午要在室内拍摄采访的计划自然泡汤了。素树在清太郎走后，突然沉默起来。咲世子提起电影的话题，素树也回答得心不在焉，只是把三脚架竖在阳台上，拍了一些可充作背景的雨中的度假胜地的镜头。

甜蜜蜜的气氛因为清太郎的出现而消失殆尽，素树根本不想再触摸咲世子的身体，甚至毫不掩饰地流露出想一个人独处的表情。作为画家，咲世子也能理解，素树此时此刻是想一个人思考问题。年轻时，情人陷入这种状态的话，也许会不安地以为对方是不是不爱自己了，但是现在，在经历了几次所谓的恋爱后，并随着年龄的增长，咲世子已经成熟了。虽然也是寂寞，但是她已经能充分体察出对方的心境了。

咲世子对站在阳台上眺望雨景的素树说："那，我走了。刚才的事儿，我看还是你心里的问题，不用急躁，也不用恐惧。真的做好了思想准备的话,你自己也是会明白的。"

素树从阳台的白色栏杆处回过头来,他的背后是淡灰色的天空和大海。

"你也是这么过来的吗?"

咲世子点点头,笑着说:"不管怎么痛苦,怎么彷徨,总有一天会登上世界的舞台。真正有才华的人,都是这样的。也许当事者并不这么想,但是结果就会这样。有些事情甚至是不以个人的意志为转移的,就好像有个什么人从云中伸出手来拉你一把。我觉得,你周围有一种看不见的力量。"

青年的身后是风雨交加的天空,青年脸上露出了一种疲乏的微笑。

"咲世子,你真善解人意,不过,我真的有这种力量吗?"

咲世子想说,人看不见的是自己的背影和才华。咲世子走下阳台,在素树的耳边轻轻地说:"趁着还有时间,就好好烦恼吧!一旦开始起跑,就没有多余的时间了。不管怎么样,现在的素树也是很有魅力的。"

咲世子在男人干燥的脸颊上轻轻地吻了一下,离开了公寓。

到了停车场,那辆黄色跑车已经不见了,那一定是清太郎的车吧?英国产的双座汽车,为了追求速度,尽可能地减去了车身的重量。咲世子坐进自己的黑色POLO,松了一口气。只要坐进自己的车里,就有一种受到保护的安心感。机器这玩意儿也有好的地方,只要正确地输入功能,那么,与此成正比,速度也好、转动方向盘也好,什么都能准确地操作。但是,人心可不是那么容易操作的。自己以为踩的是刹车,其实碰上的是油门,本来打算要避开障碍物,却和障碍物相撞,造成事故。

咲世子沿着被雨打湿的海边大道一路行驶,好容易才控制住自己快要倾于感伤的心情。素树不久后一定会回到属于他的电影世界里去,一定要笑着送他走,这是早已下定的决心,可一旦看到两人的终结点,心中却充满了不安。人生之秋的恋人,也许是自己人生中最后相爱的人,可他注定要离自己远去。如果至此,自己内心还能保持平静,那一开始就不会去爱上这个比自己小很多的年轻人。咲世子内心所隐藏着的炽热感情其实超出了自己的想象。

咲世子回到披露山自己的家,把 POLO 停在家门前的停车场。嫌打伞麻烦,她索性抱着那个装过三明治的藤条篮子小跑着回到家门口。雨已经小多了,一道白色突然闯入眼帘。天然木材的木门上豁然贴着一张白纸,是用橡胶纸胡乱贴着的。咲世子有一种直觉,是福崎亚由美那个跟踪狂贴的。这张纸就像是直逼到自己脖子上的匕首,咲世子呆呆地站在自己的家门口,已经顾不上避雨了。

咲世子小心翼翼地靠近了木门,胸口抱着的藤条篮子成了盾牌,她开始念起纸上的字来。

请救救我。

要是就此下去的话，我又要发神经了。

我已经控制不住自己。

和卓治先生也失去了联系。

我想结束现在的一切。

我有话要对你说。

我的电话是 090-xxxx-xxxx

求求你，我怕自己。

求求你，救救我。

纸上写的不是以前那种恶毒的攻击性语言。咲世子把信从门上撕下来，看了看周围，那个女人也许正在什么地方监视着刚回家的自己。雨中的住宅小区没有丝毫变化，也没有跟踪狂的身影。咲世子颤抖着手打开家门，冲进屋后，又急忙给门加了两道锁。

她先去换下了被雨淋湿的衣服。那张纸就扔在客厅的桌上，咲世子犹豫不决起来，这会不会是另一种方式的陷阱？要知道，那个人曾经在这一带的美术馆散发过恶毒的攻击自己的传单，又在自己心爱的POLO上泼洒红色油漆，还数次直接上家门前送信。所有的这些都在暗示，这是一个遭到过极端伤害的人。但是，这次的信件内容确有一种急迫感，就像自己在恋爱和绘画创作上会感到动摇一样，亚由美或许也在跟踪狂这种极端妒忌行为中产生了动摇。

咲世子打开手机，选择了一个熟悉的号码。

"喂，我是三宅。"

"是我，咲世子。现在说话方便吗？"

三宅的商务腔一下子来了个一百八十度的大转变，从画商回到了男人。

"怎么啦，是不是跟那个年轻男人分手了？"

说出来的话还是不饶人。

"没有。你那边怎么样？"

"那，有没有能给我看的作品了？"

卓治的画廊马上就要开张了，而咲世子的新作系列几乎什么也没有完成。

"没有能给你看的东西。哎，我想问你，那个亚由美最近怎么样？"

男人的声音突然变得悻悻然起来："那个女人吗？我离开了家后，一直在商务旅馆住，换来换去，出门都用自己的车，我想她应该没寻到我的踪影。她给我工作用的手机打过几次电话，但是，凡是她的电话，我都用了拒绝接收的功能，所以最近几乎没有联系了。"

咲世子深深地叹了口气，卓治担心地问："怎么啦？她还去你那边吗？我早就跟她说了，我已经跟你分手了。不过，头脑发热的女人冲动起来，真不知道会做出什么事来。"

"今天下午,她在我家门上贴了一张纸条。我念了,你听好。"

咲世子尽量不带感情地开始念信上的内容。电话那头,卓治很佩服地说:"咲世子,没想到你的声音这么圆润,这么动听,就好像公共电视台的播音员。"

"少说废话,现在重要的应该是怎么处理这封信的内容。"

男人用一种不耐烦的语气说:"怎么处理都行,这种神经病女人写的东西,不用去管它。而且,亚由美本身也不是个能好好跟别人沟通的人,她是乡下有钱人的独生女,从小就被宠坏了。跟这样的人打交道,你能得到什么?"

咲世子紧盯着手中的纸片,手写的字又细又弱,跟以前那种潦草不堪的字完全不一样,而且,"救救我""求求你"都重复了两次。

"我说,卓治,你就这么老躲着她吗?你这么做,什么结果也得不到。好吧,我打电话给她,直接跟她见面,当面听听她怎么说你我的事情。"

电话那头,卓治明显有点慌乱:"等等,咲世子,你想怎么做是你的自由,不过,我可绝对不会去你那边的。我可再也不想见那个神经病女人了。"

可咲世子明白,躲着也不能改变现状,不管什么事情,只能迎面而上,对方是跟踪狂也好,跟素树的爱情也好都是这样。

"跟亚由美见面以后,结果怎么样,我会再打电话告诉你的。"

"咲世子,等等……"

咲世子轻轻挂掉电话,做了个深呼吸,然后按照跟踪狂留下的纸条上的电话号码一个一个按下钮。咲世子绷紧了全身的神经听着电话呼叫声。

3

有人接电话了,咲世子马上问:"是亚由美小姐吗?"

从自己的房间里,从手机中,都能听到雨声。保罗来到咲世子身边,担心似的用鼻子擦着咲世子的膝头。

"我是亚由美。您是咲世子女士吗?"

与其说是成熟女人的声音,不如说是幼稚的女孩那种娇滴滴的声音。对咲世子来说,这有点意外,因为在她的想象中,对方是个偏执的跟踪狂。没想到,把写了自己是"母狗"的信送到自己家门口来的居然是个有着甜甜的声音的人。咲世子向来喜欢听别人的声音,因为语音语调能表现出一个人的形象。比起人的外表,声音有时更能体现出人的内心世界。亚由美的声音对咲世子来说,绝对不属于令人讨厌的那一类。咲世子深深地吸了一口气,说:"我看了你的信,感到你现在好像陷入了困境。你想跟我说的是什么事?看了你给我的几封信,觉得你好像有多重人格,这次是真的醒悟了吗?"

受到那样的伤害,自己居然没有十分憎恨这个年轻女人,咲世子自己也觉得不可思议。

"对不起,我现在真的觉得做了很多对不起您的事。不过,我现在怕的是,自己会不会又开始去做同样的事情,我有时候自己也控制不住自己。"

好像是身体在打颤,亚由美的声音听起来有点颤抖。

"你多大了?"咲世子问道。以前听卓治说起过,不过没记清,只依稀记得好像很年轻。

"二十八岁。"

和素树同龄。咲世子也罢卓治也罢,都在受比自己小的异性折腾。

"是吗?"

咲世子觉得此人比实际年龄要幼稚得多,因为有些道理,换成自己,马上就能明白的,可此人却这么执迷不悟。咲世子是在过了三十多岁以后才觉得自己真正成了大人,而二十八岁,是个既非成人又非孩子的微妙的年龄。

"你现在还喜欢三宅先生吗?"

亚由美有点犹豫地回答道:"这个,我自己也不清楚,想到那个人已经不知走到什么地方去了,心里就难受得要命,就好像暴风雨马上要来临前的天空,心里边黑压压的。这么一来,就觉得难受,真是难受极了,所以就想,不管是谁,我都要让她跟我一样难受。"

于是,你就变成跟踪狂了吗?咲世子边听边想。亚由美的声音简直就跟配音演员似的:道歉时,会充满内疚;而说难受时,又会变得特别痛苦。这个声音本身就好像是一个四面玻璃门的浴室,透出赤裸裸的内心世界。

"亚由美小姐,我跟三宅先生已经分手了,你是知道的,对吗?"

女人慢吞吞地回答:"是的,夜晚停车场的事,我听他说了。卓治先生好像很久以前就已经跟他太太没有什么感情了,但是,对您不一样,即使分手,他最喜欢的女人也还是您,内田女士。听到我把信塞到您那儿,他气得要命,所以,我非要出这口气。"

一个太太,两个情妇,虽说卓治爱挖苦人,性格又很乖戾,但是也有这类男人所独具的魅力。爱过同一个男人,这个事实让咲世子对这个初次交谈的对手产生了一种奇妙的亲近感,于是,她果断地说:"在电话中交谈也可以,不过,我觉得还是见面谈比较好。我们之间好像有误会,见面谈,互相一定能更理解对方。亚由美小姐,你现在在哪儿?"

咲世子想,她上午到自己家门口来把求救的信贴到大门上,这会儿应该还没有回东京。

"我住在叶山饭店的音羽之森。"

那家饭店虽然不大,但是地处能俯瞰湘南大海的山上,咲世子也曾和卓治在那儿住过一夜,西洋的古典式建筑风格给咲世子留下了深刻的印象。饭店离自己家大约四五公里吧?看看钟,还是天黑前的傍晚五点，咲世子有意用一种快活的口吻说："那，这样吧，一个小时后，我们在碧露咖啡见面吧？一起吃晚饭，然后一起说说三宅先生的坏话。你也把自己的事告诉我，好吗？"

电话那头静了下来，过了一会儿咲世子才明白，亚由美在抽泣。咲世子像是在抚摸对方的后背一样，用柔和的语调说道："不用担心，你的心不会再变得黑压压的了。"

嘴上虽这么说，但是不是真的，自己也不知道。不过，咲世子还是指定了在素树工作的咖啡店见面，这是一个公平的有第三者见证的地方。咲世子觉得，只有那儿才是见亚由美最安全的地方。

第十一章

1

春天的湘南大海，在静静地燃烧着。

泛着金色的粼粼波浪一直荡漾到大海的彼岸，云的四周是灼热而又瑰丽的朱红色。咲世子坐在碧露咖啡的露台上，桌子对面坐着福崎亚由美，她的身后是夕阳西下的逗子湾，亚由美看上去像一幅剪影。

亚由美的样子和咲世子所想象的跟踪狂完全不同，从她各种折磨人的手法和信上所写的恶毒攻击词来看，应该是个异常古怪的人。艺术界里一向就有很多性格古怪的人，这些人有时候从外表上看不出来，但是有着扭曲的内心世界。而眼前的这个女人不仅看不出有什么令人讨厌的地方，甚至还让人觉得有一种清爽的透明感。福崎亚由美，说是二十八岁，由于身材娇小，再加上只略施粉黛，看上去比实际年龄要小得多。在咲世子眼里，亚由美就跟美术大学的学生差不多，身上穿着一条款式简洁的直筒型白色麻布连衣裙。

"让你们久等了。"随着脚步声，头顶上方传来了素树那舒适悦耳的声音。素树轻轻地在咲世子面前放了一杯平时点的皇家奶茶，在亚由美面前放了一个大杯的意大利式咖啡，微微点头致意后，和咲世子交换了一个眼神说："要是有事的话，请随时叫我。"意思是，要是出事的话，我会马上赶来的。

素树在这个咖啡店里和亚由美见过一次面，那时就已经听那女人说了很多咲世子的坏话。咲世子点点头，微笑着说："谢谢。不过，没事。"

亚由美就好像是在接受招聘面试一样，挺直了腰背端坐在那里，对素树根本就是视而不见，眼睛直直地看着咲世子，没有任何感情，这是一种心灵的一部分已经麻木的眼神。等素树回到吧台后，咲世子轻轻地说："我是来听你说说心里话的，你要是心里边堵着什么的话，就全告诉我。我既不想要你赔礼道歉，也不想责怪你。"

即使亚由美说了道歉的话，她过去的所作所为也是不能原谅的。咲世子只是想知道亚由美为什么会这么不讲道理地、无缘无故地憎恨自己。一个人对他人无端的憎恨究竟能有多深，憎恨的力量又是来自何处，咲世子对这些感到不可思议。喝了一口融化了所有黑暗的饮料，亚由美直直地看着咲世子说："不管您怎么说，我还是要说，对不起。"

咲世子无言地摇摇头，盛了满满一匙红砂糖放进了奶茶里。

"我知道您跟那个人已经分手了,但是还是不断地进行攻击,真是很对不起您。这是因为,那个人四处躲我,我没有地方可以发泄,再加上他跟太太也突然离婚了。"

"对这件事,你是怎么看的呢?"

亚由美的嘴唇抽搐了一下,看起来像是在微笑。

"这可不是我的责任,卓治先生的婚姻在跟我相识前就已经结束了。这一点,咲世子女士,您也是清楚的,不是吗?"

这倒是事实,那个画商在和咲世子好以前,就已经抱过很多女人,甚至在和咲世子、亚由美交欢时,也同时有别的女人。

"也许是这样,但是,他那时还是保持了婚姻的形式,这跟实际离婚完全不一样。至少,应该说是你破坏了他们的夫妻关系,对吗?或者说,亚由美,是不是你只承认绝对完美的婚姻呢?依我看,真要是爱上一个人,就不需要什么正确的形式。"

听亚由美的语气,可以想象她一定给卓治的妻子送去了内容相当恶毒的信件,咲世子不由对那位不曾谋面的三宅太太产生了同情。亚由美喝了一口没有放糖的意大利式咖啡,用一种好不容易才挤出来的声音说:"我完全不明白,喜欢上一个人,应该有什么样的正确形式。"

年轻女人看上去很痛苦。她抬起落在桌上的目光看着咲世子,问:"生殖,难道不是爱的最终目的吗?"

咲世子仿佛听到一个人在用外语问自己什么,她完全不明白眼前的这位原美术馆策展人想说的是什么。咲世子抬起右手,打断了对方的话头："请等一等。我不明白你说的这个抽象问题，答案也是因人而异吧？你为什么突然要问我生孩子的事？亚由美，会不会是你怀孕了？"

亚由美给了咲世子一个清晰的微笑。在她身后，水天交接处的界限在夕阳西下后变得模糊起来，呈现出一道层次稍微不同的深蓝色，这道模糊的蓝色重叠在玻璃窗框上。

"没有怀孕。我一直在想，要是肚子里有卓治先生的孩子该多好。"

"他还没离婚时，你就这么想吗？"

亚由美垂下了尖尖的下巴，点点头。

"是的。"

要生那个男人的孩子，难道卓治是个这么值得信赖的诚实男人？咲世子根本就没想过要卓治的孩子。卓治天生就是个喜欢寻欢作乐的人，但也是个才华出众、思维敏捷的人，偶尔约会，一起过上一段时间，倒是不坏，但是要跟他一起建立一个家庭的话，对咲世子来说，是一件很难想象的事情。就在咲世子回想着跟卓治之间的关系时，亚由美说话了："我一直认为，爱的最终目的是生殖。我没得到过真正的爱，从出生到现在，我都没有得到过真正的爱。"

亚由美的声音变得低沉起来，就好像眼前出现了一堵悲叹之墙，想说的话被堵在墙前，走投无路，让人揪心。咲世子用一种尽量不去刺伤对方的语气委婉地问："为什么你会这么想呢？"

"我是人工授精出生的。我父亲因为年轻时得过病,患了无精子症。在我上高中时,父母亲告诉了我这件事,我当时受了很大的打击。"

"这是很大的打击。"

亚由美眼中闪着异样的光芒说:"我感谢他们的养育之恩,但是,我还是控制不住想知道遗传学上谁是我的父亲,我用尽了能想到的所有办法去查。我的老家是鸟取县,母亲是在当地的国立大学医院接受了不孕治疗。我也去见了给我母亲做体内受精手术的大夫,但是,最终也不知道谁是我的父亲。"

咲世子呆呆地凝视着眼前的这个年轻女人,她无法理解,为什么这个多次跟踪自己的可恨可憎的女人,会一下子把她最痛苦的秘密透露给自己。亚由美,这个女人在跟人打交道时的距离感既让人感到异样,又令人应接不暇。

"不过,你的这些隐私和跟卓治之间的事应该不是一回事吧?"

咲世子还想说,这种痛苦也不应该是变成跟踪狂的理由。现实中,靠人工授精出生的人很多,可以说绝大部分人并没有出现像你那样的问题,而是跟养育自己的父母保持了良好的关系。咲世子的声音变得冷淡起来:"这,就是你认为爱是生殖的理由吗?"

亚由美摇了摇头,并没有直接回答咲世子的提问,而是继续说:"我听说,用于不孕治疗的精子是医学系一帮健康的学生提

185

供的。对他们来说，提供一次精子，能拿到几千日元，是一份很轻松的兼职。听说那时有十几个学生登记提供精子，所以无法知道谁是我的父亲，这也是为了不用对出生的孩子负责任的一种机制。"

咲世子什么也说不出来，可以想象，一个女孩子在知道了这种事实后所感到的痛苦之深。亚由美微微一笑，又继续说："我去看了那个现场，我的遗传因子诞生的地方。"

咲世子好像看到了潮热盗汗后的幻觉一般，对面的亚由美就坐在自己的眼前，却在向自己放射一种令人眩目的情感光线，虽然感到恐惧，却不能回避。不能看着她往危险的独木桥上走，咲世子用一种几乎叫喊的语气严厉地说："不要说了，亚由美。不管你是怎么出生的，你就是你。"

年轻的女人露出皓齿一笑，也不管咲世子的口吻是多么严厉，她的表情愈发可怕，咲世子不能无视她的表情。

"在大学医院走廊的尽头，有一个用折叠式屏风隔出的角落，屏风用的是那种廉价的绿色化纤布。隔出来的那一小块地方就跟电话亭差不多大小，里面放着一张小小椅子，椅子上有因潮湿而膨胀起来的男性杂志。男生们就坐在这个角落里，为了得到几千日元，一边看着不知名字的女人的裸体，一边射出精子。然后，出生的，就是我。"

咲世子倒吸了一口冷气，好像闻到了一股从那种地方飘来的馊味儿，但是，同时又想，年轻就意味着这样的结果：在还没有学会如何控制痛苦和不幸之前,自己的痛苦就成了全部。

"我要是处在跟你一样的境地,也一定会很痛苦的。但是,你的父母也跟你一样很痛苦,不是吗? 去做不孕治疗也好,把事实真相告诉你也好,他们也是下了很大的决心的。"

亚由美坦率地点了点头:"是的,我父母也对我说,今后我们的关系不会有任何变化,我对他们的养育之恩也很感激。但是,这跟医院的那个屏风后面的角落没什么关系,我只要一想起自己出生的经过,眼前就会浮现出那道脏兮兮的混浊的绿色屏风……哎,我问您,咲世子女士,您还是认为,爱不是生殖吗? 至少,我的父母是这么认为的,他们觉得,在没有怀上自己的孩子前,不能说爱已经成功。"

对没有生过孩子的咲世子来说,这是个无法回答的问题。孕育一个新的生命,真的是爱非有不可的条件吗? 咲世子也认识很多没有孩子的夫妇。

"没有可以让所有人满意的答案。不管对谁来说,爱情本身都是非常个性化的东西,每个人的爱都是量身定制的,没有什么现成的尺寸。"

亚由美微笑着,好像根本没听见咲世子在说什么,继续说:"我一直很彷徨。我以前工作的美术馆在我的策划下,决定收集世界各地的圣母子绘画和雕刻作品,举办一个圣母子展。我觉得全身心扑到工作上,也许可以从烦恼中找到答案。在准备展览的半年中,我几乎没有休息过,一直扑在美术馆里。"

咲世子想到了自己创作版画时的情景，再痛苦，工作还是跟男人不一样，永远不会离开自己。

"这不是很好吗？工作一定给你找到了答案，是吗？"

亚由美的眼神像是在梦游一般，变得柔和起来，放在桌上的两手交织在一起，修得整齐的指甲，细细尖尖的手指头，都很好看，跟咲世子的完全不同。

"是的，画展获得了很大的成功。然后，画展的最后一天，卓治先生来了。"

命运就是这么捉弄人，把一个富有魅力而又是最糟糕的选项摆在了一个在拼命寻找答案的人面前。咲世子感到一阵不耐烦，因为自己的情况也有相似之处。

"然后就是每天玫瑰、葡萄酒和艺术，对吗？"

年轻的女人没有意识到咲世子是在讽刺自己，颇为兴奋地点点头，继续说："卓治先生对所有的美术作品都了如指掌，我在学生时代就看了他写的书，能跟他交谈就已经感到很荣幸了。有了接触后，我们开始约会，然后就发生了关系。但是，我并不后悔。"

玩弄一个刚大学毕业的年轻策展人，对卓治来说，是驾轻就熟的事。

"我忘了是在第几次的晚上，卓治先生在完事以后，就把自己太太的事和您的事情告诉了我。当时他说'我没有孩子'，还说'没有孩子也没关系，太太也好咲世子也好，都已经一把年纪了，恐怕也不行了'。当时，卓治先生这么说了以后，从床上抬起头来，笑着对我说'亚由美，你不想替我生个孩子吗'。"

咲世子不由得想咂嘴，那个男人就会在无意当中抓住别人最软弱的地方。

"我也重新凝视卓治先生，他头发里已经能看见白色的东西了，当年医大的学生一定也到了卓治先生现在的年龄了吧？对卓治先生来说，这是他拥有孩子的最后机会了吧！我笑了笑，没有回答，但是心里已经暗暗下了决心，要生卓治先生的孩子，这样的话，我就能实现我父母未能实现的爱的形式，我要生这个人的孩子，去建立一个完美的家庭。"

亚由美眼里闪过一种奇异不定的神色，就好像是夜晚的大海，迷人却又危险。妩媚地闪动着，勾引着对方。年轻女人又嫣然一笑，说："咲世子女士，您明白了吗？为什么我会认为爱就是生殖，不以生殖为目的的做爱是不纯洁的。我生了卓治的孩子，就能用一种正确的形式让自己重生。我实在太想圆我们家两代人的梦了。"

如果真是这样，那么，施展别的什么手段也是可以的，咲世子和卓治的太太对她来说，都只是障碍物而已，爱竟能使人变得如此冷酷吗？咲世子想着，强忍住叹息，轻轻地说："于是，你就变成了跟踪狂。"

亚由美朗声笑了起来："对不起，咲世子女士。我在小说和电影上倒是看见过这样的人物，但是没想到自己也会变成那样。"

2

"给你们换一杯水。"

素树的声音使咲世子感到自己好像是从梦里被唤醒过来一般。素树伸出长长的手臂,将冰块早已融化的饮品撤下去,重新给两人换了一杯水。咲世子的奶茶不知什么时候已经喝光了,喉咙干得发燥,她想喝点什么酒,但是还要开车回去,只能忍着。

"请再给我一杯奶茶。亚由美小姐,你呢?"

"那,请给我一杯鸡尾酒。"

年轻女人要了一杯餐前酒,素树给咲世子递了个眼神,咲世子点头表示没问题。见素树放心地走开了以后,咲世子又说:"那,你最近的心情怎么样呢?"

"我自己觉得平静多了,但是,说实话,我自己也不清楚。有时,就好像今天写的信那样,突然觉得自己罪孽深重,担心自己又会去憎恨什么人。当然,总体上,最近比较稳定,风平浪静的感觉。"

咲世子试探地看着亚由美,对方脸上没有丝毫阴影,表情甚至透明到让人觉得是失去了灵魂一般。

"那,你以后打算怎么办呢? 卓治已经说了,不想再跟你见面。"

卓治为了躲避亚由美,现在正在东京市中心一带的商务旅馆打游击战呢。新的画廊的开张和逃跑生活,想必也一定很辛苦。追根寻源的话，还是自己不留神说的一句话带来的结果，不得不加以同情。但是，不管对谁来说，要过好后半生都不是件容易的事。

"我在想，只一次也行，最后跟卓治先生谈谈，然后就回老家。美术馆的工作也已经辞了，没有必要继续待在这儿了。"

亚由美的老家山阴是个远离东京的地方，亚由美若想治愈自己心灵的创伤，还是尽量离东京远一点为好。

"这就好。不过，跟谁吐一下自己心里的郁闷，也许会让你感到轻松。你回去以后，也可以在当地找心理专家谈谈。"

亚由美微微一笑，看着咲世子的眼睛说："您说得对，我会考虑的。"

两个人接下来开始了轻松的聊天。

共同的话题是已经分手了的三宅卓治和美术界。亚由美和咲世子聊起男人和美术界的一些可笑的内幕，放声笑了好几次。在他人眼里，就好像是关系亲密的母女俩，抑或是忘年之交，而绝不会想到这两个人中的一个曾是跟踪狂，而另一个则曾是受害者。

餐前酒后，亚由美又要了红酒，她看上去很会喝酒，以很快的速度喝了好几杯。咲世子用不含酒精的鸡尾酒来陪她。在吃了一些便饭喝了几杯红酒以后，咲世子一看手表，有点吃惊，两人竟聊了三个多小时。

"时候不早了，今天就到这儿吧。我们也许不会见面了，不过能跟你谈谈,也算是有缘吧。"

咲世子拿起付款单站了起来,亚由美伸出手来抢:"我来付钱,也算是我对您的赔礼道歉。"

咲世子慢慢地摇了摇头说:"你要是花自己的钱,我不在乎。可现在你用的是你父母的钱,所以,我不能接受你的这份好意。而且我又比你大好多呢。"

素树早已经等在付款机前。算完账,素树说了声"谢谢"后,用两手把找零递给咲世子,问道:"这就回去吗?"

咲世子看着微醉的亚由美问道:"你是怎么来的?"

"从饭店打车过来的。"

素树马上就说:"请在吧台前等一会儿,我马上就打电话叫车来。"

咲世子交替地看了看这对同龄的青年男女,年龄也许是没有什么可值得参考的,但是,眼前的这两个同龄人是截然不同的。

"不用叫了,我开车把亚由美送回音羽之森。你不用担心,没问题。就这样,谢谢。"

停车场上,那辆德国产小型车在夜幕中散发着如黑珍珠般的亮光。咲世子随口说:"在近代美术馆前,看见自己的车被红色油漆涂得乱七八糟,当时我真是受了很大的打击。以为这是车在流血。"

亚由美一副萎缩的样子:"真是对不起您。一到发作的时候,

192

就连自己都不知道自己会做出什么事来。"

咲世子按了下车钥匙,车门发出一声清脆的响声。

"快,上车吧,我送你回饭店。"

黑夜中的海岸大道蜿蜒伸向前方。刚刚入春不久,离旅游旺季还有一段时间,这个季节开车行驶在海岸大道上的差不多都是当地人。年轻人即使没有什么事,也喜欢开车兜风,但咲世子只开车往返于自己的工作室和心爱的人所在的地方,就已经感到很满足了。

夜空中,绿茵掩盖下的六峰山圆圆的山顶悄然矗立,开过大峰山,再有一公里左右就到饭店了。亚由美看着夜幕下的大海说:"能不能请您到我屋里喝杯茶,我想还礼。"

驶过空无一人的一色海岸,过了叶山皇家公馆前的红绿灯后,咲世子用力踩着油门说:"今晚就免了吧。刚才聊了很长时间,我也累了。"

咲世子打出左转的信号灯,把车转向饭店前的上坡路。黑色的小型车吃力地爬着从悬崖边开出的上坡路。饭店前,带着白手套的门卫用立正的姿势指挥停车。亚由美说:"那前边的停车场就行。"

咲世子把车停到离饭店有一段路的停车场。

"那,就再见了。"

咲世子拉下手刹,回头去看旁边的亚由美,这瞬间,她发现自己和亚由美之间的距离徒然缩短,这不是错觉。亚由美从副驾驶座扑向了咲世子,细细尖尖的手指有力地卡住了咲世子的脖子。咲世子嘶哑地喊着:"你干什么?"

亚由美在黑色的 POLO 里喊道:"我最恨的就是你。卓治在哪儿?你老实说出来。你这条不要脸的母狗。"

亚由美身体里的跟踪狂症又回来了,声音也和刚才的完全不同。咲世子看着饭店的灯光,觉得意识在渐渐消失。

第十二章

1

为什么,心情竟觉得这般舒畅。

咲世子处于完全没有抵抗的状态,全身无力。亚由美从副驾驶座上扑过来,用手卡住咲世子的脖子,表情却如黑夜中的大海一样宁静。就连自己要杀人这件事,于亚由美来说,也好像是远隔万里之外发生的事一样。咲世子发现,亚由美的眼睛虽如玻璃球一般透明,但是焦距并没有对准自己。咲世子觉得,这个心灵突然崩溃的女人可怜得要命,她努力挤出一句话,声音如同刮过树梢的风声一般沙哑:"可怜的……孩子……"

对咲世子来说,比起恐怖和憎恨,怜悯之心要来得更强。听到这句话,亚由美的手突然松开了。倒在驾驶席上的咲世子透过车窗斜看到湘南的大海,海面上忽闪着的船上灯火,就好像是潮热盗汗后出现的幻觉一样鲜明。在这幅黑色的大海风景图上,突然出现了一个熟悉的面孔,是素树,他在叫喊着什么。缺氧的大脑居然还能展现如此美妙的幻觉,抑或是现实?

"砰砰"声响了起来。这不是幻觉,是现实。在听觉恢复的同时,恐怖感也同时产生了。素树的手在用力拍打车窗,咲世子用麻木的手指打开了门锁。门砰地被打开,男人的声音在叫:"咲世子,你没事吧?"

素树一把推开年轻的女人,咲世子一边咳着一边扑向素树。男人再瘦也是男人,一口气就把体重不轻的咲世子抱下了车,然后捧着咲世子的脸颊急促地问:"你怎么啦?要不要叫警察?脖子周围全红了。"

咲世子突然感到异常恐惧,身子不由得打起颤来,边摇着头。"不,不用叫警察。快让她下车。"

素树马上点了一下头,表情严峻地走向 POLO 的副驾驶座,刚把手放到门把上,门就从里面被打开了,亚由美脸色苍白地下了车:"咲世子女士,对不起。"

亚由美看也不看素树,只朝着咲世子轻轻地点头,行了一个礼。对咲世子来说,已经分不清到底哪个是真正的亚由美了:在碧露咖啡透露自己的出生秘密,心灵受到创伤时的亚由美;因妒忌而差点堕落为杀人犯时的亚由美;像幼稚的孩子一般后悔不已、面部表情扭曲的亚由美。就在咲世子呆呆地看着亚由美的脸时,这个原美术馆的策展人却突然按住腹部,扭曲着身子,转过身去,在饭店的停车场上轻轻地吐了起来。当她再次转过身来时,透明的黏液从嘴角落到了胸前,眼神变得惊恐不安起来。

咲世子冷冷地说:"我不需要你的什么道歉,快回自己的房间去吧。你现在最需要的不是卓治,而是医生。趁着还有救,快点治好自己的病。"

咲世子不想听亚由美的什么回答,而亚由美也只是茫然地看着咲世子和素树身后的黑夜中的大海。

"素树,走吧。"咲世子捋了一下被海风吹乱的前发,对素树说。停车场的入口处,停放着素树的蓝色"甲壳虫",门也没关。

"我觉得不安,就跟着来了,幸亏来得及时。我可不是像你这样心地善良的人,所以不能相信那个女人。"

"多亏你来了,是我太轻看了那个女人,总以为互相吐出真言,就能消除误会。"

素树用一种难以启齿的表情低下头说:"我有话要对你说。"

"明白了。"

车前灯一瞬映照出亚由美的身影,她仍然独自呆立在黑夜中的停车场上。咲世子看也不看映在车后镜上的年轻女人,两辆大众丢下亚由美走了,出了饭店的停车场,从长者崎沿海边公路北上。咲世子驾驶着自己的POLO,紧跟在前边那辆车的红色尾灯后面,老式的"甲壳虫"那圆形的车屁股很可爱,跟素树的那部分很像。

"甲壳虫"闪烁出向左拐的信号灯,开进了一个停车场。夜晚的停车场空空如也,正面的建筑打出灯光,能看见叶山游艇基地的字样。咲世子把 POLO 停在素树的"甲壳虫"边上。下了车，素树好像要回避咲世子，头也不回地径直走向海边的木栈道。咲世子在海浪的轻轻拍打声中，追随着素树。

游艇基地的上方能看见停靠在岸边的帆船的船帆和缆绳，缆绳就好像是大城市空中纵横交错的电线。白天能看见的海鸥这会儿可能也已经进入了梦乡。素树靠在围杆扶手上，看着大海。身上还穿着咖啡店的制服——那件白色衬衫。他头也不回地说："喜欢上一个人，有时真是一件可怕的事，竟会变得那么疯狂。"

"可不是。"

大海的气息好像有一种特殊的力量，它能融化包在心灵外面的坚硬外壳。咲世子也不禁感慨而坦率地说："不过，我喜欢上你，是一件幸运的事，不仅是因为今天你救了我。"

咲世子大概能猜出素树想对自己说什么，而现在自己说这些话，无非是不想马上 听素树的表白而已。人生都已经过半了，还能做出这么幼稚的事情，咲世子感到自己真是无可救药，但还是说了下去："以前，我也告诉过你，我有更年期综合征，有时会失眠，有时会变得忧郁，对人生感到绝望，工作也半途而废，就连恋爱也是望而却步了，像我这样的人，还会有什么好事呢？想想看，我的余生还有什么呢？不都是坑坑洼洼的下坡路了吗？"

素树吃惊地回过头来看着咲世子："我没想到你这么看待自己的人生。我以为，你不管做什么事，总是绰绰有余，是个很会享受自己人生的人。"

咲世子用两手把黑色风衣的领子合了起来,虽说是春天,湿润的海风还是带着凉意。

"说是成年人,但是也不可能什么事情都能做得绰绰有余,不管什么时候,都是在拼死拼活地干。年龄的增长,会使人的身体也好精神也好,都变得僵硬,变得皱巴巴的,哪还会有人再来喜欢我呢?直到变成灰,自己还是孤零零一个人,想想也令人讨厌。更何况,我还有严重的幻觉症……"

潮热盗汗后突如其来的幻觉症,咲世子还从来没告诉过别人,这是咲世子最大的一块心病,那些可怕的场面无法用语言来描述。

"幻觉?是什么样的?"

"第一次见到你时,幻觉症也发作了。你还记得吗?在贫血过后,我昏倒了。最初,是体内上火,全身发热,出大量的虚汗。男人是体会不到的,潮热盗汗是女人更年期独特的发热症状。一般的话,就到此结束,但是,我的情况有点不同,在出虚汗以后,幻觉和贫血接踵而来。幻觉中甚至还看到过你呢。"

素树正面朝向咲世子,用不可思议的表情问:"幻觉中的我是什么样子的?"

咲世子做了个深呼吸,已经没有必要隐瞒了。

"那个幻觉是在跟你发生关系以前出现的。你把手伸向我说'你不是想要我吗?你这条母狗'。"

素树不由得苦笑起来："你幻觉里的我真可以啊！"

"不，这是因为我就是这么希望得到你。不过，当时我真受了很大的打击，几乎是一丝不挂地倒在地上，结果感冒了。"

两个人一起轻轻地笑了出来。

"真的，我只能任凭自己这么倒下去。我在想，我会一个人老下去，一个人变成老太婆。就在这时，你出现在我面前。你救了我好多次，我真的很感谢你。"

素树伸过手来，骨节分明的手指，这不是幻觉，是一双令人感到温暖的手。男人的手坚硬而又温暖，女人的手柔和却冰凉，造物主就是这么造就了人类的身体，缺一不可。两人十指相扣，互相交织。咲世子不由惊叹起来，手指与手指竟能这么弯曲相扣交织，难怪人至死都要追求异性。咲世子和素树一起靠在海边的围杆扶手上。

"要说感谢的，应该是我。我也是因为拍不成电影，心情坏到了极点。在这个地方，碰到了你，才渐渐地想要重操旧业。我拍东西，在拍故事前，总是喜欢先拍人物，没有好的形象，就拍不下去。"

咲世子说了一句多余的话："像椎名诺娅什么的，是吗？"

素树好像根本不在乎咲世子说了什么："是，像诺娅，还有你。"

"你每次拍戏，都会和片中的女演员谈恋爱吗？要是真的，以后可不得了。"

素树的眉毛困惑地倒了下来，这是咲世子喜欢的表情。

"我喜欢过的女演员只有诺娅。拍广告片什么的，都是揽来的活儿，不会对演员产生什么特殊的感情。至少，我现在想拍的长篇的主人公也只有诺娅和你。"

即使素树说的是奉承话，咲世子也感到心满意足。帆船在波浪中轻轻摇晃，船帆在风中发出"咯吱咯吱"的声音，波浪就像小小的心脏在跳动一样，轻轻地拍打着水泥海岸。

"这么说，你不是个重相貌的人。"

"不，我很看重相貌，诺娅也好，你也好，对我来说都是很美的人。但是，重要的不仅是外表，还有这个人能传递给我什么样的信息。这在银幕当中也好，在实际生活当中也好，都是一样的。如果我感觉不到这种信息，那不管对方是多漂亮的人，对我来说，都是一张表皮而已。"

咲世子想起了椎名诺娅那对有特点的眼睛。素树继续说："诺娅的特点是能坚持自己的原则，有一种无可动摇的坚强，但实际上内心很脆弱。而咲世子，你呢，则是具有能宽容所有东西的温软，同时又有点谨小慎微。对大部分男人来说，这两者都是很有吸引力的。"

这段话令咲世子感动，她觉得，素树很善于公平看人，他能冷静地把正红得发紫的女演员和自己相提并论。而且，咲世子还知道，素树是毫不做作地在说这些话。咲世子把头靠到男人的肩头。

"你别再说了……"

咲世子突然说不下去了，只觉得眼泪快要冒出来了。她想说的是，你要是再这么说下去，我可能一辈子都不想离开你了。素树叹了一口气说："你也救了我。我以为自己也许再也回不到电影世界里去了，眼前的世界突然对我关上了大门，这个打击非同小可。但是，跟你认识以后，我才知道，这样的创伤，不从正面去面对的话，是永远治不好的。这不光是从正面去面对，还需要爱情的力量。这些话听起来有点傻，不过，爱情的力量真是伟大。爱一个人，不光是为自己，还要为所爱的人着想、担心，可就在为别人着想、担心当中，竟然很自然地克服了自己的弱点。"

这点和苦于更年期综合征的咲世子的想法完全一致。爱情的力量是伟大的。因为这本是来自生命根源的力量。人总以为只凭自己一个人的力量也能活下去，但实际上支撑自己的是贯穿着自己体内的生命力。如果不是这样的话，就不会因为体内微量的女性激素而变得神经兮兮，也不会因为情人的微笑而感到幸福透顶。人人生活在各自的世界里，但同时又被一种生命的力量维系在一起，而爱情则是最单纯的表达方式。

"你也不用向我道谢。我们俩都是在自己最困难的时候相遇，互相帮扶、互相安慰。不过，这样的时间也快要结束了，快乐的时间总是转瞬即逝。"

素树突然变得紧张起来，吃惊地问："为什么你会知道？"

"当然能知道，你最近不是经常在抱头思索吗？"

素树将脸转向黑夜中的大海:"我是在犹豫,是不是要重新回到电影界去。要是这么做,我就必须回东京去,就不能像现在这样跟你频繁见面了。一旦开机后,也许几个月都不能见面。"

咲世子本来想说,不是这个意思,如果仅是这样,那永远不会有结束。可是所处的世界不同的话,两人的距离也会越来越远。心灵的创伤是治愈了,可是素树也要回到那个五彩缤纷的电影世界去,只有自己还是继续留在这海滨城市搞自己的创作。前途无限的素树和已经在走人生下坡路的咲世子,两人正相逢在各自人生的转折点上。两个人之间生命力的差距也许是无法填补的。对素树的话,咲世子只轻轻地应了声:"是吗?"

"修改剧本,大概还要花一两个星期,等这个工作结束了,再考虑吧。"

"好吧。"

这一两个星期将成为我们热恋的最后的美好时光,咲世子暗暗对自己说。咲世子将手臂挽到了素树的腰部,两人长时间地并肩眺望着夜幕中的大海。

2

又过了几天平安无事的春天的日子。素树的生活完全失去了规律,昼夜颠倒。他结束咖啡店的工作后,深夜开始修改自己的剧本,到咲世子家则是早晨。

咲世子精心为年轻男人准备好早餐。有时,两人拉上窗帘,一起交欢。大概是次数多了,互相之间能非常融洽,以至于令咲世子感到不安,以前总以为自己的身体在二十岁年龄段是最敏感的,而现在却觉得要远胜于那个年龄,现在变得更为敏感,欲望也变得更为强烈。

素树有时候直接上楼,在咲世子的床上睡到傍晚;有时候在中午回到自己的住处——逗子玛丽娜公寓。这样的生活节奏,对咲世子来说是非常理想的。早上交欢以后,身体里还留着软软的满足感,就进工作室搞创作,画报纸连载小说的插图、杂志的单张漫画,还有开个展的作品——"漂流物系列"。疲倦了,抬起头来,目光落到天花板上,想到心爱的男人就在那上边睡觉,明知这样的生活维持不了多久,但也能令咲世子感到十分满足。

变奏曲在周末奏响了。下午,送走素树后,手机响了。咲世子从来不把手机号码告诉有工作关系的人,会是谁的电话呢?咲世子确认了一下号码,竟是卓治打来的。

"喂,怎么样?过得还好吗?"

咲世子停下刮铜版的手说:"好啊。你呢,新的画廊怎么样?"

"还凑合吧。经济恢复景气也很重要。虽说是艺术,但是要干好这一行靠的还是生意兴隆。对了,谢谢你送给我花。"

因为忙着画插图,咲世子没去参加画廊的开张仪式,而是给三宅的画廊送去了一盆蝴蝶兰。

"你找我，有什么事吗？"

"我说，你对从前的情人就不能热情一点吗？这不，我是来向你问个好，顺便想知道你的个展作品完成得怎么样了。"

这点完全没问题，素树总是在自己身边，现在的咲世子可以说是精力充沛，创作出了一幅又一幅白色的"漂流物系列"作品，开拓着自己绘画世界的新天地。

"创作方面很顺利，好像有十年了吧，没这么投身于创作中了。哎，你什么时候来看看吧！"

"这可太好了，我一定要去。好久没吃好吃的鱼了。"

听卓治这么一说，咲世子想起了亚由美——那天夜晚，她独自一人呆呆地站在停车场上，眼神无光。

"哎，我呀，前些日子，见了亚由美。"

"这也是我想问你的事。你们在一起交谈的话，那一定是没事了。"

咲世子叹了一口气："也不完全是这样。"

咲世子把跟亚由美见面的事一五一十地告诉了卓治：亚由美因为自己是靠人工授精诞生的，所以为了建立一个完美的家庭，想跟卓治生个孩子。这天晚上，原以为已经冷静下来的亚由美，到了饭店的停车场时却又来了个一百八十度的大转弯，卡住了自己的脖子，而素树救自己的事只一句话带了过去。卓治听到这里不由得慌了："你真的不要紧吗？那种女人，扔给警察就行了。"

"这应该是你做的事,不是你对她说,给我生个孩子吗? 我可再也不想管这些闲事了,那姑娘需要的不是恋爱,而是专家的心理治疗。你不是知道她老家的电话号码吗? 亚由美的情况应该由你去告诉她父母吧。"

"好,知道了,知道了。"

咲世子心头还有件搁不下的事。

"我想问问你,町枝妈咪好吗? 你想独立的事儿,我没有告诉她,心里总觉得过意不去,不好意思打电话。"

"那老太婆吗? 杀了她也不会死的,好得活蹦乱跳呢。你给她打个电话吧,她准会高兴的。她对你,就像对自己的女儿一样。你知道吗? 她知道我跟你好的时候,把我好一顿训,说是,要是真心对你好,那还行,要是只是玩玩的话,就绝饶不了我。她亲口跟我说的,你就跟她亲生女儿差不多。你要是见了她,顺便也替我问一声好。"

这也是卓治会做人的地方,自己落难时被 MACHIE 画廊聘用当上主管,可以说对方是他的救命恩人,而这次则是恩将仇报。虽说如此,却也没忘记讨好一下以前的恩人。咲世子笑出了声,又问:"你怎么样? 好不容易又变成单身贵族,又过起了花花公子的日子了吗?"

卓治哼了一声,说:"都是因为亚由美,害得我看见年轻女人,都觉得是炸弹。我呀,还从来没对女人这么小心过呢。"

"是吗。那就好好忍耐吧!"

挂上电话后,咲世子的嘴角还留着一丝微笑,这个世界上喜欢拈花惹草的中年男人都该好好反省反省,整天扎在花花草草当中,总有一天会碰上个地雷什么的,就像出现跟踪狂那样。想象着卓治那副垂头丧气反省的样子,咲世子愈加觉得好笑。

同时也想到素树的事儿,十七年后,到了咲世子现在这个年龄的素树会变成什么样呢? 一定会受很多女人的追捧吧? 咲世子很难想象素树会不做越轨的事。

胸口再次感到隐隐作痛,素树四十五岁时,咲世子已经六十二岁了。即使现在还勉强凑合,到那时就一定不相配了。咲世子心中凉了一大截,又重新走回刚刮了一半的铜版前。

这天,一直工作到晚上,创作了两张报纸连载小说的插图、一张"漂流物系列"的作品。本来只想试印的,但是赶着兴头上一口气把画全印刷好了。墙上的钟已过了八点半。

朝北的天窗已经变成了一张藏青色的画布,虽说工作途中接过卓治的电话,但是也干了八个小时,肚子也开始唱空城计。晚饭,还是去素树打工的咖啡店吃。今天不吃老点的那个海鲜蛋包饭,想吃有劲道的肉,那家咖啡店的熏小肥羊排骨也是咲世子中意的一道菜。

拿起钥匙圈和手表,穿上黑色的皮猎装,正在束腰间的皮带时,门铃突然响了起来。这个时候会是谁? 收报费的人上个星期已经来过了,可能是配送公司的人吧? 咲世子拿起对讲机:

"请问,是哪位?"

耳边传来了一阵响声,稍稍停了一会儿,响起了一个女人的声音:"是我,椎名诺娅。不好意思,突然打搅您。我哥也跟我一起来了。"

"是吗?"

咲世子胸口一阵狂跳,加上空腹,胃里感到一阵抽搐,令人痛苦。咲世子穿着外套,走向门口。打开门,眼前出现的是椎名诺娅,一顶鸭舌帽深深地盖到她的眼睛上方。另一个人是身穿黑色瘦身西服的清太郎,他的衬衫、皮带还有皮鞋都是黑色的,活像一个小个子职业杀手。诺娅个子也不高,但也许是因为身材姣好,看不出紧巴巴的感觉。

"请,请到屋里坐。"

"打搅您了。"

清太郎先进了屋子,诺娅看着咲世子的这身打扮,说:"您是不是要出门? 对不起,突然打搅您。"

咲世子挥了挥手,径直走向里面的客厅:"没关系。倒是你们的电影,有没有进展?"

就在大约十个小时前自己和素树拥抱的布沙发上,诺娅和清太郎并坐在一起,这画面令咲世子产生了一种不可思议的感觉。清太郎的眼睛闪闪发光。

"电影上映的日期也有了眉目。我们最初只考虑在一家影院举行首映式,但是一家著名的电影公司和诺娅拍广告片的赞助商联合资助我们,所以我们决定扩大首映式的举办范围。现在是万事俱备,就等素树回来拍了。"

咲世子感到体内流的血液一下子变冷了。诺娅接着说:"您还没有听他说吗? 我们俩给他打了好多次电话,都没有得到明确的答复,真急死我们了。电影公映日期是在秋天,所以拍摄工作最晚也得在夏天内完成。可以说没有多少时间了。"

咲世子摇摇头,素树并没有在自己面前显出过着急的样子。

"不,我只听他说,还在考虑是不是要回电影界去。但是,在回去以前,要先把剧本修改好。这么着急的行程,我还是头一次听说。"

诺娅很失望的样子,脸上是拼命在忍住自己心中怒气的表情。即使这样,诺娅的美丽也令人感到很特别,在咲世子眼里,这一切都能成为绘画对象,这种光彩照人的魅力也是一种天生的才能。策划人清太郎开口了:"现在这里的三个人至少有一点是一致的,那就是,我们都想让素树在事业上有所成就,希望他早日回到电影界来。"

清太郎说到这儿,突然把两手撑到木头桌上,朝着咲世子深深地低下了头。

"对您来说,也许是件痛苦的事,能不能请您替我们在背后推他一把? 诺娅也还有别的拍片行程,失去了现在这个好机会,那家伙导演的处女作问世,不知得等到猴年马月了。拜托了,咲世子女士。"

诺娅那双大大的眼睛睁得更大了,直直地盯着咲世子,脸的一半好像都变成了一对水汪汪的眼睛。

"我也求您了,咲世子女士。咱们不是说好了吗?您说过,会把素树还给我。您说,等他自己能一个人站稳了,就把他送回到原本属于他的世界里。我们都替他担心,整个剧组一共有三十多个工作人员,虽然今天没来这儿,但是大家都说,只要他回来,马上就停下其他工作回来拍片。这儿的确很悠闲,是个能让他感到温暖的好地方,但是,素树要是一直留在这儿的话,事业肯定是不会成功的。"

诺娅说到最后一句话时,声音几乎接近惨叫,要让素树的事业有所成就,除了让他回到原本属于他的世界别无其他路可走。这一点,咲世子也是有切身感受的,为了成就素树,到了自己让路的时候了。可这个时刻来得如此之仓促,正是两人的爱情处于最佳状态的此时此刻。咲世子挺起了胸,正面朝向这两个人:"明白了。我会跟素树谈这个问题,让他早日回到事业中去。"

"谢谢您,咲世子女士。"诺娅把两手抱在胸前,就好像是在拥抱咲世子一样说。

"不过,素树也不是孩子,他也不一定会听我的话,我会尽一切努力的。只是,本人如果还没有做好思想准备,强迫是不会有什么好结果的。"

椎名清太郎已经站了起来,向着咲世子致礼说:"有您这句话就行了,其他的事,我们会做的。只要看见剧组的人,那家伙的心也会变的。诺娅,走。"

清太郎朝着门口走去。诺娅看看哥哥的背影,又看看咲世子。咲世子尽量掩饰着心里遭到的伤害,装出一副平静的表情。

诺娅小声地说:"咲世子女士,真的很对不起您。"

说着,诺娅扑过来,拥抱了咲世子。纤细而又苗条的身体,这是少年时代的素树经常拥抱的身体。咲世子轻轻用手搂住了诺娅窈窕的背部,然后紧紧抱住了诺娅。两个爱上了同一个男人的女人拥抱在一起,好像是在说,与其用语言表达心情,还不如靠身体里发出的热量来做个互相交换。咲世子拍了拍诺娅的肩头:"策划人在等着呢,去吧,诺娅小姐……"

咲世子还没把话说完,诺娅抬起头来,露出一个令人费解的表情说:"……今后,素树就拜托您了。"

咲世子点了点头,诺娅小跑着走向门口。清太郎那辆跑车的发动机声回响在安静的住宅小区。咲世子松开腰间的皮带,脱下了黑色皮猎装,食欲和希望都一起消失殆尽。要把素树送回到事业中去,咲世子紧咬嘴唇,强忍着快要涌出来的泪水,在心里反反复复地对自己说这句话。

第十三章

1

这天晚上，咲世子抱着绝望的心情哭了一夜。

这场始于初冬的爱情即将随着春天的结束而结束，虽然短暂，却让人感到如此幸福。三十岁以后，记忆中好像不曾有过如此充实、如此完美的爱情，和素树这样的关系还是人生中第一次。

也许是因为有十七岁的年龄之差，素树用一种年轻人的冲劲儿走向自己，毫无保留，毫无掩饰。而自己则是努力在珍惜这种纯真的冲劲儿并使之成长，这就是自己应该做的事。就是因为爱上了一个才华出众的年轻男人，现在到了应该舍弃这份幸福的时候了。

咲世子下了决心，要离开素树，让他早日回到椎名诺娅他们等着的电影界去，那儿才有属于他的天地。

黎明时分，咲世子用父亲留下的老式音响放了《爱你到永

212

远》。她选的不是放声高歌的惠特尼·休斯顿的版本,而是比较低调的琳达·朗斯塔特的版本。春天,渐渐发白的清晨中,琳达的歌声就如清澈的朝霞一样缓缓流过:

如果我留下来,我会成为你的羁绊。再见吧,请不要哭泣。我将永远爱你!但我要离去。

音乐里的感情没有东西方之分,为不成为所爱的人的羁绊,勇敢地离开自己的所爱,女人的这种心情被寥寥数句歌词刻画得如此淋漓尽致。咲世子把自己裹在毯子里,坐在沙发上,今晚要流掉所有的眼泪,从明天开始,为了素树,也为了自己,还为了已经结束的爱情,不能再流泪了。

又是一个早上到了,自己的角色变了,跟素树的关系已经不是年龄相差很大的情人关系,而是母子关系,自己必须是一个严母,要把一个已经长大成人的孩子赶出家门的严母,要把素树从舒适的环境推向战场,也许会让素树受到更残酷的打击,但同时也会使他变得更加成熟起来。和咲世子一起生活在这气候温暖的海滨城市的话,素树就不会有明天。

同一首曲子,听了无数遍,咲世子在等自己流尽泪水,然而,音乐真是令人不可思议,每次重复,都会引出新的热泪。

结果咲世子一夜未眠,也不吃,又开始了版画的创作。她已经没有了食欲,只喝了一些热的东西。也许最好的减肥方法是失恋。令人不可思议的是,这种时候,刮铜版的手却异常地灵活,刮坚硬的铜版竟如同削枯竹一般顺手,而只要停下手中的工作,伤心就会倍增。

工作室笼罩在日暮里的傍晚时分,咲世子暂时停下作品的试印,挽着当工作服穿的黑毛衣袖子,拿起话筒给素树打了电话。

"喂,我是德永。"

昨天下午分手以后,才过了二十四个小时多一点,但是仅这一句回话就足以勾起咲世子心中的无限思念。咲世子用冷冰冰的声音说:"是我,咲世子。是这样,今天晚上,你别到我这里来了。"

年轻男人在电话那头发出吃惊的声音:"嗯,明白了,出了什么事儿了吗?"

咲世子仍然是冷漠的语气:"啊,开个展的作品需要赶紧做出来,我想一个人集中搞创作,这段时间会很忙。你也是搞创作的人,应该能理解这种情况。"

素树很善解人意地说:"这倒也是,我这段时间老往你那儿跑。行,那我就暂时不去你那儿了吧。不过,你什么时候有空呢?我好不容易把剧本改完了,关于女主人公的心情方面,我还想听听你的意见。"

你应该问的对象不是我,而是主演椎名诺娅,咲世子把这句话强咽了下去，只淡淡地说："好，那就这样。"

挂上了电话，咲世子把话筒抱在胸口，做了一个深呼吸，拼命忍住快要涌出的泪水，不能因为这样的事情而动摇。咲世子两手抓住压印机那冰凉的金属把手，慢慢地开始印刷起来。

平安无事地过了几天，虽然素树打过几次电话，但全都用自动接听来应付，自己拼命咬紧牙关不去打电话，只埋头创作办个展用的作品。其实，离三宅旦治的画廊办个展的日期还有几个月，无须弄得这么紧张。

常常有人羡慕地对咲世子说，你有擅长且喜欢的事业。每次听到这种话，咲世子总会觉得难以回答，对自己来说，事业既可谓幸运，也可以说是不幸，因为自己除了事业别无其他。

这天是星期四，天空中不知什么时候开始下起了春天里的小雨，海边已经被打湿。咲世子正在画新的海上漂流物写生，电话铃响了。咲世子确认了电话机显示屏上的号码，见不是素树的手机和室内电话，这才放心地拿起了话筒。话筒那头传来的是一个男人的声音："咲世子，是我，我又碰到麻烦事了。"

卓治的声音听上去很嘶哑。这个男人像这样毫不掩饰地把自己的软弱之处表达出来，是在碧露咖啡停车场的那个晚上以来才有的事。

"怎么啦？好像有点萎靡不振。"

对曾经有过深交的男人，咲世子用一种坦然的语气回应着。什么时候自己和素树也能这么冷静的说话呢？

"嗨,别提了,我已经焦头烂额了。亚由美,今天早上死了。"

"…………"

咲世子倒吸一口冷气,在叶山的饭店停车场前遭到袭击的事还历历在目,脖子上还留着亚由美那虽细却很有力的手指的触感。

"那家伙从住的高层饭店的安全楼梯上跳了下来,脑浆都摔出来了,死了。"

虽然声音很平静,但是咲世子可以想象出卓治受到的打击之大,这个男人越是激动的时候,越是显得特别的冷淡。

"是吗?"

"她给我留下了一封信。我刚才去医院太平间见了她一面,脑袋被缝得像个破花瓶一样。她父母来领遗体,葬礼在她娘家办。我的……"

这个风流的中年男人长长地叹了一口气,也许是哭了吧,咲世子想。

"因为我,年轻的女人死了,还是头一次。亚由美变成跟踪狂,像疯狗一样到处咬人时,我还想,那种女人不如死了好,但是真死了,还确实让人不好受。"

卓治因为亚由美离了婚,过着单身生活,今晚对他来说,一定是个难以入眠的夜晚吧!咲世子在不跟素树见面的几天里,一直没跟人说过话,所以,就下了决心似的说:"你明天上午有没有什么急事?"

"没什么特别的事,怎么啦?"

咲世子用一种坚定的语气说:"那,你现在就到我家来吧。亚由美的事,除了我,你还能跟谁说呢? 你以前的太太也一定对亚由美恨得不得了吧? 对了,你把亚由美的事告诉了你以前的太太了吗?"

"怎么会呢? 已经是没有关系的人了。"

"那你就来我这儿说说她的事。我们一起送送她吧!"

卓治的声音一下子变得快活起来:"行吗? 你那边的年轻男人怎么办呢?"

咲世子用力按下涌上心头的波澜:"和他的关系已经结束了。不过,你可别抱着什么希望来,我是绝对不会跟你重归于好的。另外,还想让你看看我办个展用的新作品。"

"好,好,明白了,大画家先生。"

咲世子连"再见"也没说,就把电话挂了,她把目光落到刚试印好的漂流物作品上,白色的画面上是一只被海水冲洗、经日光暴晒后的塑料娃娃的手臂,阳光倾泻在手臂的周围。

咲世子一屁股坐到工作椅上,亚由美最终还是没能到达这个充满阳光的世界里,而是坠落到自己一手制造的苦海深渊里去了。再将油墨弄得厚一点也许效果会更好,咲世子脑子里想着已经远离人世的那个年轻女人,又开始往铜版上注入油墨。

2

咲世子这天提前结束了工作，开着 POLO 来到逗子的市中心。为了不去想伤心的事，她一直埋头于版画的创作中，只几天工夫，季节就好像已变换，即便已是晚上，空气中也已经充满了温软，像是在轻轻地拥抱着自己，这是春天里最后的温软。

咲世子在逗子车站前的繁华街商店里买了法国面包和一些熟菜，她觉得自己的心真是诚实得可以，买和素树一起吃的东西时，拿起个沙拉之类的东西都会觉得兴致勃勃，可给已经分手的卓治买吃的东西时，却是毫无兴致，结果只挑了些自己想吃的东西。

晚上八点过后，门铃响了。打开门，就看见一个眼袋下垂的中年男人站在那儿，不是咲世子所熟识的那个喜欢嘲讽人、有鉴赏眼力的画商，而是心灵深处自己也说不清的地方遭到重创的人。

"进来吧，累了吧？"

卓治沉默地点了点头，进了门，保罗困惑地看着这张久违了的脸。卓治像是倒下去似的坐到沙发上，伸出两只脚。茶几上摆好了几个已经装到盘子里的熟菜，咲世子扑哧笑了出来："看来，我准备这么多，都白费劲了。你也跟我一样，没有一点胃口吧？"

"啊，我一向以为自己是个无所畏惧的人，没想到竟是个无用的大草包。"

咲世子往玻璃杯倒红酒,看到红得像血一般的颜色时,心中有点后悔,应该准备白葡萄酒的。也没有干杯,就自己先喝了起来,酒味滋润着喉头,沁入到身体里。

"这就好,要是亚由美死了,你还能无动于衷的话,那以后就没法跟你一块儿工作了。"

卓治也拿起酒杯,一口气就干掉了,见咲世子不动,就自己给自己倒起了酒。

"看来,还是因为年纪大了的关系吧,还从来没有女人因为我死过呢。亚由美虽然让人讨厌,毕竟还很年轻。没想到,她会去走这一步,为什么突然想到要走绝路呢?"

"你最近跟她有什么联系吗?"

跟素树在一起的话,两人会一起坐在三人长沙发上,而今天,咲世子只坐在 L 形组合式沙发的单人座上,这种微妙的距离感,卓治好像也感到了。

"哪会有什么联系呢?她有时一个人呆呆地站在我的画廊前,我呢,对她是彻底视而不见。还跟饭店的服务台关照了,千万别让那个女人进来。要是只说这一个月的话,她对你说的话比跟我说的要多得多吧!"

咲世子想起在碧露咖啡听亚由美说话的情景,想起说到"爱是生殖"时,那个女人的脸上竟出现了一种超然的微笑,还有那拒绝别人劝说的朗声大笑。

"是吗？不过，那姑娘已经死了，今晚就算是为她送行，说说她好的地方吧，也是为了追悼嘛！这样的话，亚由美也一定会高兴的。遗憾的是，我对她没有任何好的回忆。"

就因为自己也是卓治的情妇，就单方面地受到对方蛮不讲理的攻击，自己并没有做过什么对不起他人的事，却成了一个心灵扭曲的人极端攻击的对象，这也是咲世子有生以来第一次遇到，但是，这一切都随着亚由美的自杀而画上了句号。卓治茫然地看着木框落地窗外面的夜间庭院："第一次见到她时，就觉得这是个认真得要命的女人。你也知道，美术馆的策展人里有各种各样的人，有些人对本职工作其实没有热情，官腔十足，或者就是忙着开会呀搞人际关系，日本社会不管什么地方，这样的人都很吃香。但是，亚由美不一样，她很善于学习，又很有新意，最引人注目的还是令人退避三舍的那股子钻劲儿。"

"是啊，我也觉得，她不管对什么事儿，总是一副很认真的样子"。

就连从来没有在一起工作过的咲世子也能理解亚由美那种认真的样子，不管是悲伤的时候，还是反省的时候，甚至连凶狂的时候，都是认真得不得了的感觉。

"怎么说呢，凡是她能想到的事儿，比如说，要让哪个画展成功，就会连性命都搭上的，就是这样一种锲而不舍的感觉。年轻人的这种忘我的干劲儿，还真能打动我这样在混饭吃的中年人。我最初被亚由美吸引，就是因为她这种勇往直前的认真劲儿。"

咲世子想起了亚由美的年龄,和素树一样,都是二十八岁,素树虽然没有亚由美那种令人退避三舍的感觉,但是就青春所赋予的认真劲儿来说,两人有共同的地方。咲世子趁着酒兴说:"我年轻时好像也有过这样令自己苦恼的认真劲儿,甚至产生过当不了版画家就去死之类的念头。"

卓治独自大口大口地喝着葡萄酒,讪笑着说:"这话不假,不管做什么工作,没有这种念头是不会成功的。我们年轻时,大家也都是拼着命在干的。"

咲世子想起了美大时的同学,脑子里立即就浮现出几个人,有的精神不正常了,有的自杀了。跟一般的圈子相比,美术领域是个充满危险的地方,美好的东西总是以生命为代价的。

"像我这样的人是好歹生存下来了,但也是伤痕累累,满身污泥。怎么说呢,画商这种职业,一脚在金钱世界里,一脚在艺术世界里。把这两者连接在一起的工作,也可以说是最肮脏的工作,就是我们这一行干的。'骗子''金钱的奴才',嘿,不知被人骂了多少回了。"

咲世子摇头表示反对:"这个不对,要是没有你们这一行,画家也是生存不下去的,这绝对是一个被需要的职业。我不认为人生都是累累伤痕、斑斑污迹。要说伤痕的话,那也是青春时代的暴风骤雨给我们留下的勋章,为什么你不能堂堂正正地承认呢?我们好不容易生存下来了,哪怕是一点点,毕竟在往前走。也许不值得夸耀,但毕竟取得了一些成绩。我的想法跟你正好相反。"

盯着夜间庭院的卓治突然把头掉过来，看着咲世子说："我是这样想的，亚由美心灵的创伤要是来得再大一点也许会更好。就是说，不光只是认真，还要学得狡猾点、刻薄点、马虎点，到处碰壁，然后变成一个玩世不恭的成年人，那会跟我们更谈得来。"

说着，卓治突然扭过头，就在咲世子吃惊的当口，这个中年男人的眼里已经开始流下泪珠，发出一种受了伤的野兽般的哭声。这个跟众多女人打过交道的花花公子，居然抽动着肩膀，毫不设防地哭了起来。

咲世子把手轻轻地放到男人的肩膀上，卓治厚厚的手心合到了咲世子手上。过了一会儿，男人做了个深呼吸后说："真是不好意思，你一定能成为一个优秀的心理疗伤师，我听到亚由美自杀时，这心就歪了一半，难受得要命，不知道是什么地方在叫痛，就是不明白这是为什么。不过，我想你说得对，亚由美虽然是个叫人头疼的女人，但是活着总比死了好。她对你做了很不讲道理的事，不过，我还是想真心对她好一点，哪怕只一次……"

说着，卓治的脸又扭曲起来。咲世子温和地拍拍他的肩头："别担心，亚由美也一定会理解的，她不是也终于得到解脱了吗？"

"要是这样，就好了。这些话不都是为了安慰活着的人吗？不过，即使这是谎话，我也愿意相信，亚由美一定会理解我的。不知怎么了，我们这把年纪的人怎么都变成小孩了。"

人往往会因他人的死而暴露自己心灵深处的想法,卓治平时总是遮遮掩掩,现在的这种不设防的态度却令咲世子感到高兴。

"拼命地去工作,同时也依靠他人的帮助活下去,这也许就是人类的最佳生存方式。不管怎么样,虽然我们不会成为比现在更好的人,但也不会成为比现在更坏的人,不是吗?"

咲世子嘴上这么说,心里却在想,要这么说的话,也许创造无与伦比的作品也是不可能的了,创造划时代的杰作,需要一种超越善和恶的精神力量,但是,对自己来说,已经没有必要去勉为其难地创作超越自身能力界限的惊世之作,小天地里也自有净土。在商业美术界里生存了二十多年的咲世子,在放弃世俗观念方面也是很快的。

"对了!"卓治轻轻地叫了一声,"我差点忘了,特地跑了这一趟,快让我看看你的新作吧!"

咲世子先站起来,走向工作室。开个展用的作品"漂流物系列"已经放在塑料夹子里了,作品下面也垫好了厚厚的衬纸。咲世子拿出几张比较有自信的作品放到了工作台上。

"请看吧!"

卓治把两手支在工作台上,表情已经和刚才判若两人。刚才还在说自杀了的亚由美怎么怎么认真,现在他也用一种相当专注的表情在审视才印好不久的版画作品。即使两人有过很深的交往,观摩新的作品时还是有一种紧张的气氛。咲世子甚至有一种第一次给男人看自己裸体的感觉,她尽量按捺住想说明画面内容的念头。中年画商慢慢地翻看着画夹,头也不抬地问:"你不是还有一些吗? 全拿出来给我看看。"

"你到这边来。"

两人离开工作台,走到墙边,卓治一言不发,全神贯注地看着画。咲世子从他的后背上感到他的情绪正在升温。花了很长时间,看完了十几幅作品后,卓治转过身来对咲世子说:"祝贺你,咲世子。你给我看了一个全新的咲世子世界。你的这些作品我全要了。"

虽然话不多,但是,足以知晓这个有鉴赏眼力的画商被自己的新作打动了,咲世子马上回答:"我的这些画全部由你处理吧,就算是新画廊的开张纪念。"

卓治回到工作台边,指着第一张画说:"这个绳结真不错。"

卓治说的这个绳结是和素树第一次去湘南海边拍纪录片时捡来的缆绳绳结。咲世子以前之所以被叫作"黑色咲世子",主要是因为咲世子使用的是"美柔汀"铜版画创作法,先把整个铜版表面做成密密的毛点,造成一片柔和的黑色,然后用刮刀刮平被刺伤的板面,被刮平的部分印出来后才会变成白色。

咲世子以前的作品大都是在黑暗中加入少许光亮,形成一种孤独感,但是这次的新系列作品不同,那些经过漂白以后,颜色和原型都不复存在的漂流物的质感,用黑色是画不出来的,还需要更多的光线。用的还是"美柔汀"技法,但是铜版上打的毛点几乎全部被刮平,这和以前的作品相比,要多花几倍的时间和工作量,然后才能使白色的画面上淡淡地浮现出漂流物的形象。表现久经日晒水冲的漂流物形象,也是需要花时间和功夫的。

年轻时曾经当过美术评论家的卓治话多起来了——夸奖艺术家时,要不吝啬溢美之词,这也是画商和画家打交道的诀窍。

"这次是'白色的咲世子'啊,新的绰号马上就要诞生了。一般来说,版画的白底会让人产生冷冰冰的空虚的感觉,不过咲世子的白色却是一种有韵味的空白啊,而且也不是所有的东西都变成白色,变得很单调。"

因为毛点并没有都刮平,所以空白处留着细小的刮痕,一看就是人的手感留下的痕迹。卓治的手在塑料画夹上移动:"这幅画看上去像是冬天的太阳照在干枯的草地上,上面好像还撒上了细微的银针,这上面是绳结,让人觉得就好像是十几年相濡以沫的夫妻。与其说是被结在一起,还不如说是一开始就在交织这种关系,光线的感觉虽然不是很强烈,反而更衬托出东西的分量。"

咲世子还从来没有这么分析过自己的作品,在用语言去想以前,手和心已经先动了起来,比起语言的解释,更重要的是如何让自己的版画画面生动起来。画商的评价对咲世子来说有一种新鲜感,也使她很高兴。卓治又把一边的眉毛吊了起来,嘲讽似的说:"看来,我也得和年轻女人玩一场真的恋爱。玩一次真的恋爱,就能获得艺术新天地,真是太便宜了。"

到底是有鉴赏力的卓治，没有睁着眼说瞎话。咲世子如果没有遇到素树，也许不会对被浪潮打上来的漂流物产生美感。住在逗子这一带，总能看到不计其数的海上漂流物，也只会觉得不过是海滩上的垃圾而已。

把这些漂流物和自己重叠起来，并对他们产生美感，应该说，这是素树的爱给自己带来的感受和自信。这个世界上所有东西都有其固有的美，问题是看的人能不能发现这种美。咲世子打心眼里感谢这些漂来的木片、绳结、塑料娃娃的一只手臂，以及棱角被磨圆的蓝色玻璃碎片。

"电话里，你说的不是真话吧，跟那个年轻人已经分手了，是真的吗？"

卓治用热切的目光看着咲世子。

"你怎么知道？"

"画画的人的心事，只要看画就能全知道。放在那边墙角处的作品全是流着泪画的，不是吗？"

咲世子有点慌了，重新去审视放在墙边的作品，一张一张地翻看大型画夹，确认内容。卓治冲着咲世子的后背说："不用紧张，虽说是悲伤，但也不是那种无谓的感伤。作品都是成功之作，是一种透明的有风度的感伤，能理解的人一定会爱不释手的，我觉得都能卖出去。"

咲世子总算安心了，她不想在自己的个展上让人看见自己失恋后的悲哀，为了把失去素树后的伤痛从心底深处赶出去，她一直埋头于创作中。

卓治的手放到了自己的肩头上，即使隔着毛衣也能感觉出男人手心里的热量。

"在碧露咖啡，我说的最后的话还记得吗？"

咲世子全身都僵硬了，怎么会忘呢？但是嘴里却说："啊，你都说了些什么？"

卓治压低声音一气说了出来："年轻的男人总有离开你的时候，等一切都结束了，我们俩再重新开始吧！我是这么说的，那时的心情，我还是没有变。"

男人的手抓住了咲世子的两个肩头，背上能感觉出卓治那熟悉的呼吸。要是自己就这么靠上去的话，就又能回到原来的日子里去，唯一不同的是卓治已经离婚了，因了亚由美的胡搅蛮缠，夫妻之路走到了尽头。现在的咲世子和卓治之间已经没有任何障碍了，两人都是单身一人，也没有年龄问题，事业上成功的画商和画家，谁看都会觉得是天造地设的一对。

但是，在咲世子的心中，素树的形象是谁也替代不了的，纯真的微笑、认真的苦恼、追寻着自己的那种憧憬的目光，过了四十以后才真正开始爱上的那个男人，那个男人的困惑的表情，都深深地印刻在自己的脑海里，挥之不去。咲世子在做了一个深呼吸后，在自己的工作室里，做出了选择。

"我看，还是算了吧！如果再结合的话，我们又会重犯过去的错误。我们能很好地打交道，却缺乏维系特殊关系的毅力。"

卓治的手从咲世子的肩头上滑了下去,咲世子转身走出了工作室,知道背上停着男人的视线,咲世子还是毅然决然地关上了木头房门。在关上门前,咲世子又回看了一眼房里,男人眼圈红红地仰望着天窗,用一种像是要捕捉什么似的视线。

3

这天晚上,咲世子为卓治在一楼的客厅准备了睡觉的地方。因为好久没有来客人了,所以觉得客人用的床有点霉味儿,但是床单和毯子都是刚从洗衣店取回来的。

卓治对男女之间的事是很敏感的,他觉察出咲世子和素树之间有了隔阂,所以悄悄地带好了换洗的衣服来,准备住在咲世子家。而咲世子虽然留了卓治一夜,但并不同房。为了预防不测,咲世子临睡前,还悄悄地锁上了卧室的门。

第二天一大早,咲世子起床准备早饭。一个人的话,一个贝果面包,或一个羊角面包,再加一杯奶咖也能过,可有客人在,就不能这么马虎了。卓治把头发乱蓬蓬的脑袋伸到厨房来时,已经过了九点半了。

“你早,咲世子。不好意思,能不能借用一下你的淋浴,我昨天没冲澡就睡了。”

咲世子正在做芙蓉蛋,便说:“浴巾已经准备好了,快点冲,鸡蛋冷了就不好吃了。"

"是。"

咲世子瞄了一眼这个中年男人肉乎乎的背影,觉得两个人好像是在玩夫妻游戏。情人关系已经不会有了,但是跟这个男人能以这种方式保持朋友关系似乎也不坏。

也许是因为难耐菜的香味,保罗来到咲世子的脚跟前不停地纠缠着。

"保罗,你的早饭在那儿,快去那儿。"

咲世子拿起沉重的铁锅把煎烤得香脆的火腿和芙蓉蛋一起放到事先热好的盘子里。

卓治不到五分钟就从浴室出来了,有点谢顶的额头上出现了几根白发,湿漉漉的头发乱七八糟,身上的旧睡衣是咲世子父亲生前的。打开有咲世子画的插图的晨报,卓治开始吃起早饭,那样子活像已经一起生活了二十多年的夫妻,咲世子不由得苦笑起来:"你可别得寸进尺地说,'喂,添饭''喂,咖啡',我可不是你的太太哟。"

卓治从报上抬起头来,不解地说:"你这是怎么啦,一大早就话里带刺的。不过,这个连载小说也太糟糕了,一点没意思,好像全是靠你的画在撑着似的。"

小说的情节拖拖拉拉,而且笔头也慢,库存有时连三天的份儿也没有,的确是个有点糟糕的作家。

"是啊。这个作家，以前好像也不是这样的，这次好像很勉强，听说是出了家庭问题，所以……"

咲世子正在说小说家的八卦新闻，突然听到一声门铃响。这时候会有谁来呢？也许是快递公司的人吧，不过常来家里的快递公司的人不会这么早来。咲世子披上一件室内穿的上衣，走向门口。

从木头门上的"猫眼"往外看，春日里晃眼的阳光下，站着素树。咲世子的心一下子缩紧了，为什么偏偏要在这当口突然跑来呢？但是，她马上下了决心，要和素树彻底分手，让他重新回到电影界去，这是自己能为他做的最后一件事。咲世子做了个深呼吸后打开了门，把一个硬邦邦的笑容递给了自己所爱的男人。

素树还是那副困惑的表情，开口就说："对不起，突然跑来了。给你打过好几次电话，都是自动接听，也没有回音，所以就跑来了。"

咲世子生硬地笑着把素树引进屋里。

"进来吧，已经有客人在了。"

素树的脸上立即泛起了一片阴影，走过短短的过道就是客厅，咲世子全身的神经都集中在了背上，将素树带进客厅里，头发湿漉漉的卓治坐在那里。素树站在客厅入口处不动了，咲世子站在屋子中间，卓治正把芙蓉蛋塞进嘴里，看到素树一下子愣住了。

"哎,这是误会……"

要让卓治说下去的话,可就没戏了,咲世子在卓治还没把话说完时,努力装出平静的样子,掐嘴说:"三宅先生离婚了,我们之间已经没有障碍了,你也是个不错的人,不过还年轻。你看,我们正在吃早饭,他呢,也刚洗了澡。素树,你也不是孩子了,应该明白从昨天晚上到现在都发生了什么事情。"

年轻男人脸上失去了血色,那对闪闪发光的眼睛也一下子失去了光泽,变成了黑洞,好不容易才说出一句:"明白了。我打搅你们了,对不起。不过,好不容易写完的剧本,想请你看看,我想听听你的感想。"

素树环视四周,看什么地方能放自己拿来的稿件。这人竟然也有如此脆弱的时候,咲世子尽管心已在流泪,但还有余力去观察将要分手的男人。

"行了,行了。剧本还是让别人看吧,放在我这儿,也会让我为难。"

素树就像是一条被遗弃的小狗,抬起头来看着咲世子:"不过,这剧本,可是和你……"

咲世子根本不予理会。

"你爱怎么写就怎么写,不过,可别再把我卷进去了。我跟你的事情已经结束了,我有三宅先生,你呢,有诺娅。我们俩演了一出短暂的冒险剧,是一段精彩的插曲。"

心脏已经快要破裂,鲜血正要流淌出来,咲世子无视自己伤口的痛楚,继续冷冷地说:"你也跟成年女性玩过了,够刺激的吧。"

素树不明不白地点了点头,脸色苍白。咲世子还在乘胜追击:"我也跟年轻的男人玩这玩那的,占了不少便宜。不过,戏也唱完了,该收场了。我们正在吃早饭,请别打搅我们,好吗?"

素树把刚写好的剧本揉成一团,像个幽灵摇摇晃晃地走出了客厅。咲世子全神贯注地听着素树远去的阵阵脚步声,哐当的关门声,坐进蓝色的"甲壳虫"里打开引擎的声音,开出披露山庄的汽车声音。她在客厅中央一动不动地听着,甚至没察觉自己已泪流满面。

卓治轻轻地问了声:"这样做,真的有好处吗?"

咲世子头也不回地点着头。

"你这个人还真让人可怜。"

咲世子任凭泪水流到地板上说:"我要回自己的房间,你吃了早饭,也不用收拾了,自己回去吧!"

卓治点点头,喝了一口咖啡,含含糊糊地说:"咲世子,你真厉害。我第一次知道了什么叫勇气,你真的成了一个好女人。"

咲世子不想听别人赞美自己,走上黑暗的楼梯,回到卧室,拉上窗帘,在黑洞洞的房间里呜咽起来。直到三个小时后,在睡着前,咲世子一直蜷曲着身子哭个不停。

第十四章

1

湘南的春天快要结束了。

吹拂海边山岳的风里不仅有春天的温软，还能让人略微感到下一个季节的热气。今年也一定会如往年一样，海边变得热热闹闹，失去理性的夏天又会来到。夏天，年轻的恋人们又会在海滩边或在沿海的路边玩到深夜，汽车尾气和腐烂的食物的馊味又会充斥天空。咲世子过了三十以后，就不太喜欢夏天了。

从客厅的落地窗眺望远处无边无垠的逗子海湾，春天的大海和天空都显得很懒散，水天之间没有特别明显的界限，浑浑然连成一片倦怠的蓝色。咲世子把自己失去的恋情画在了这片蓝色上，对素树说了那么些无情无义的话后，已经过了三天。

咲世子也只哭了一天，之后就开始投入工作当中。尽管心中空虚万分，但是连载小说插图的约稿是不等人的。出门只是为了买必需的食物，或是带保罗去散步，手、眼睛和心几乎都集中在创作上，只有躲进工作里，才能逃离痛苦。

素树的电话全都使用自动接听，而且一次也不去听素树本人的声音，留言都在听以前就销掉了。咲世子对自己说："工作吧，女人要一个人活下去的话，只有工作。"

咲世子正要离开窗边去工作室，突然传来了自己熟悉的汽车马达声，还有那老式"大众"的制冷器发出的啪嗒啪嗒声，是素树的那辆蓝色"甲壳虫"。就在不久前，只要一听见这声音，自己就会像伸出舌头的保罗一样，从门口跑出去。

但是，现在不同了。咲世子急忙上楼，跑进二楼的卧室，她不想让男人觉察出屋里有人。咲世子从卧室的窗边透过窗帘俯瞰着素树把车停下。

素树从还留着刷痕的蓝色汽车中下来了，上身穿了一件自己没见过的藏青色西服，里面是与其很相称的白色衬衣，没系领带，下身的牛仔裤是细腿款式，手里拿着个什么东西，走向了自己的家门。走到一半，又抬起头，用一种眷恋的眼神眺望房子上方。咲世子一瞬间以为素树已经发现了自己，胸口惊得怦怦直跳。

素树就好像什么也没发生过似的站到了门口，门铃声在空荡荡的房子里响了三次。咲世子僵硬着身体，呆呆地站在昏暗的卧室里。素树好像死了心，把手上提着的盒子轻轻地放到了画着狗的图案的门毯上，又从西服口袋里拿出一封信放到了盒子上。

高个子男人重新回到车旁，最后又回过头来，朝上看着，太阳光照得他有点晃眼。素树对着咲世子家深深地行了一个礼。

咲世子曾确信，自己已经流了够多的泪水，不会再哭了，但是还是没能忍住，在泪水模糊中，听着"甲壳虫"的马达声消失在披露山住宅小区外。咲世子蹲下来，就像是一头受了伤的野兽一般呜咽起来。

咲世子去取素树留下的信，是在此后的四十五分钟后的事。

明明知道外面已经没有别的人，可她还是小心翼翼地打开门，蹑手蹑脚地跑到外面，门毯上放着一盒 VHS 录像带，还有一个淡蓝色的信封。

回到屋里，咲世子拉上窗帘，开始读起了信。

内田咲世子女士：

　　我是在一个工作没结束前，不能做下一个工作的人，诺娅和清太郎几次来催我，但是，我必须先把你的纪录片做完，所以让他们等着我了。这盘磁带兴许是我迄今为止最好的作品，作为一个搞创作的人，谁都会以为自己现在创作的作品是最好的，所以，到了下个月，我也许就会说，现在拍的长篇是最好的作品了。

　　不过，我跟你在一起的这几个月，从纪录的意义上来说，应该是一部值得纪念的作品。我用很长的篇幅来介绍了你作为版画家以及作为女性的魅力。

看了这部片子的人一定会发现，我们之间的关系非同寻常，两人之间的空气是那么的和谐，他们甚至会感到妒忌吧！这里既没有闹着玩，也没有利益关系，唯有的是爱。

也许，所有的一切都已经结束了，但是对我来说一切都是非同寻常的。

咲世子，你让我知道了什么是成熟女性的魅力，谢谢你。

这部作品将参加今年夏天仙台市举办的纪录片电影节。

今天我就回东京去，要和剧组开第一次会议。我曾经是那么期待着这一天的到来，但是现在却对开拍感到非常不安。

接下去的几个月里也许回不到湘南来了。

等一切都过去，我们能坐在一起笑着畅谈往日的那一天到来时，能不能请你再到碧露咖啡来呢？

到那时，也许我也已经成为跟你一样的名副其实的职业艺术家了。

我一直不许自己谈电影的事，下次见面时，我们一定好好谈谈有关电影的事情。

另外，你还记得我们第一次见面的那个晚上放的片子吗？

就是《瑟堡的雨伞》和《黑暗中的舞者》，接连放那两部片子还是因为凯瑟琳·德纳芙。

能指出这一点的人，那家店里只有你。

回想起来，我当时就被你吸引了。

咲世子把蓝色的信纸紧紧抱在胸前，这就好，素树终于回到属于他的电影世界里了。眼泪夺眶而出，不是后悔，而是为所爱的人找回幸福流下的热泪，虽然空虚的心灵在呐喊，所爱的人已经不在此地回东京去了，回到自己完全陌生的电影世界里去了。

咲世子仔细看了看录像盒，盒子侧面贴着手写的题目：《丰饶的黑色——版画家内田咲世子其人其作品》。好盛气凌人的题目，咲世子含泪笑了，把录像带轻轻地放到了电视机上面。

很想马上看，但是还是决定先不看，看了的话，也许心情会受影响不能马上投入工作中了。就像素树所说的那样，到了能坐在一起笑着畅谈过去的那一天时，再看吧。

但是，录像带一直到夏天来后的几个月里都没去动过，上面开始积了一层薄薄的灰尘，咲世子甚至不敢去碰它了。

2

职业艺术家的生活实在是太有规律了。

和素树在一起的时候，感到一个星期过得很慢很清晰，就好像是在浏览一张又一张的书页一样。而独自一人后，不知不觉时间就流逝了，晚春过后，转眼就是梅雨季节，然后就是炎炎夏日,照得海边的大路都滚烫滚烫的。

咲世子就好像生活在画面的空白处一样,除了报纸连载小说的插图,一直在画着"白色漂流物系列",去海边散步、寻找新的主题、画写生、刻铜版,以高超的技术反复地操作机器。

但是,这个世界上不管是多么单调的重复的生活也终会有结束的那一天,平静会被打破。对咲世子来说,眼下,打破平静的是个展的开幕。

夏天的银座令人心醉。

跟海边的度假胜地相比,银座更富有成熟的上等品位。咲世子在画廊前,看着专门搬运美术品的运输卡车卸货。这是七月的第二个星期,铺了瓷砖的人行道上泼洒着纳凉的水。

"喂,这些画可要小心搬运,全都是这位大画家内田先生毕生的大作啊。"

卓治的咋呼声回响在银座七丁目的后街上,咲世子狠狠瞪了他一眼:"你真会瞎嚷嚷,开起玩笑没个轻重,别人要是真这么想,怎么办?"

卓治穿着一身黑色西服,里面是白色衬衫和黑色领带,全都是紧身款式的名牌。开了画廊以后,他看起来好像年轻了五岁。

"有什么不对,今天你就是大画家先生嘛。这个版画展是我这次巡回展中的一大亮点。"

事实也是如此,由四张画面衔接起来的大作是以素树的手为主题的作品，就是这双纤细而有力的男人的手给了自己灵感。咲世子不打算卖这幅画，所以特地贴上了"非卖品"的纸条。

"能看懂吗？"

"这有什么看不懂的，不就是那个男人的手吗？哼，我的手指怎么就没他那么长呢？"

咲世子笑得一脸灿烂："哟，没想到你还这么在乎啊。"

"不在乎这个在乎什么？不是你说的嘛，男人身体当中最性感的部分是手。"

咲世子不再去跟他打趣，而是走到人行道上观察起卓治的画廊—M来。透过玻璃窗，画廊室内看上去就像是一个白色的纸箱子，就跟时髦服装的专卖店或咖啡店一样，没有什么多余的装饰。

卓治瞄准的客户不是这个行业所钟爱的那些所谓有钱人。银座有很多画廊，基本上都是以有钱人为对象，做着不赔本的买卖。而卓治想抓住的客户是一些开始想收藏美术品的新客户，这些人可能手头钱还不多，但是很年轻而且很有审美观。

为此，与其出售著名大画家的作品，还不如找一些有时代气息，作品本身也具有大幅度升值可能性的中坚画家。咲世子的版画有很多固定的女性客户，也有一定的名声，对画廊—M来说是最理想的。

"三宅先生，这花放在这儿怎么样？"

问话的是一个不到三十的年轻女性，她刚才在给运输公司的人指点着什么。穿着一身白色的夏季衣裤套装,有一种很能干的感觉,束在后脑勺的头发散发出诱人的光泽,这是四十有五的咲世子望之兴叹的部分。卓治看了看摆放在玻璃门两侧的花篮,又离开人行道几步打量着花篮的位置。

"右边那个再往外挪一挪……对,就这样好。"

年轻女性向咲世子行了一个礼,又回到画廊里去了。人长得很不错,卓治目送着她白色苗条的身影离去。咲世子笑着拍了拍昔日情人的肩膀,打趣地说道:"怎么,已经有了新的情人啦?"

"哪里哪里,就是开个展时请来帮忙的。有了亚由美那件事,我可真不敢再碰女人了。当然,与其说是女人可怕,不如说是自己的欲望可怕。"

咲世子和卓治一起看着花篮,和崭新的画廊一样,花篮也是以白色玫瑰、兰花以及百合花为主。花篮有咲世子画插图的报社送的,也有那个笔头很慢的小说家送的。其中,卓治原来的雇主——MACHIE画廊的主人町枝妈咪送来的豪华花篮很吸引人的眼球。

"妈咪总算原谅你了,太好了。"

"这当然啦。我们又不是吵架分手的,我是既管自己这边,也打算每年在町枝妈咪的画廊定期办一些画展,对双方都有好处嘛。"

"是吗,这可太好了。你和町枝妈咪要是吵翻了的话,今天

240

的开幕招待会就会让人难堪了。所以，我一直有点担心。"

卓治瞪了咲世子一眼，嗔怪地说："你这个人呀，心眼也太实了点儿。你是画家，又是今天的主角，你只要顾自己就行，别去想别人的事。今天晚上你就做个任性的女王，就连那个男人的事情也……"

咲世子打那以后只见过素树一次，那是在诺娅电影新作首映的记者招待会上。好像是两个月前吧，白天的娱乐节目中放了一段新闻，大概三十秒，素树在表情紧张地微笑。咲世子如雷灌顶一般看着这个画面，接着马上关掉了电视机。

"别再提他的事了。"

"我看你根本不用勉强把他让给什么女演员，你也算是个正儿八经的画家，在男人问题上应该激烈争夺才对，就算是为了那个男人的未来着想，你也退得太快了点儿吧！"

画廊前的花篮里没有素树的礼花，也许是他不太习惯这种场面，也许是因为不知道今天开展。咲世子也没给素树发请束，因为不想打扰他的工作，再说"白色漂流物系列"里的大部分作品，素树也是看过的。咲世子本人也只打算出席第一天的开展仪式。

傍晚六点半，银座的天空还残留着暮色，个展的开展招待会开始了。不知为什么，美术界人士好像多喜欢穿黑色，又或许是因为顾及"黑色咲世子"这个绰号，所以，到场的几十个人不约而同地穿了素色的礼服，而咲世子则是一袭珍珠光泽的白色衣裤套装。卓治先致辞。

"首先，我对各位在百忙之中前来光顾画廊—M深表感谢。本次个展将展出版画家内田咲世子新创作的作品，从以往的黑色世界走向充满温馨的白色世界。"

卓治说到这里停了下来，看了一眼手里拿着香槟酒杯站在自己边上的咲世子，又继续说："我对内田女士作为一个创作者，也作为一个成熟的女性，能开创出一个新的天地，感到无比惊讶。什么叫艺术家的成长？在创作的世界里，这是一个永无止境的过程，而能说明这个成长过程的榜样就在这个展览里。我相信，等到展览结束时，这里的作品大概都已经销售一空，捷足者先登，各位，有中意的作品，请马上告诉我。"

才第一天，已经有五幅作品有了买主。虽说在场的客人大都是咲世子的朋友和"粉丝"，但是这算是很好的开头。卓治笑着把右手伸向咲世子："请各位鼓掌欢迎内田咲世子女士给我们讲几句话。"

咲世子不太善于在别人面前说话，不像卓治，能在众人面前即兴发挥，还能把话说得非常周到，但是，这次不同，在来东京的路上，她把要说的话反复练习了几十遍。夕阳透进了白色的画廊，把室内染成一片温和的金红色。咲世子两手抱着话筒说："这个个展完全是因为一个年轻男性给了我灵感。我已经度过了美好的有意义的人生前半部分，以为自己的明天就只是为了重复前半生的创作风格。就在我这么想着的时候，一个年轻的男性闯入了我的世界，海滩上的漂流物本来是每天看惯的东西，却因了他说我很有魅力，这些漂流物也让我产生了美感。"

卓治吹了一声口哨，几个朋友轻轻地拍了一下手。咲世子已经不再难为情了，自己只能是现在的自己，即使岁数会增长，脸上的皱纹和体重会增加，皮肤和头发会失去光泽，但是，不会都是可怕的事。

"'白色漂流物系列'也是我本人进入更年期后的心灵写照。随着潮水冲洗、日光暴晒和岁月的流逝，这些小东西被漂白得失去本来的色彩，失去本来的面貌，但是东西的形状却还顽强地留在那儿。这样的漂流物使我感到了爱，漂流物的光彩也是我自身的写照，我在这些明亮的光彩中找到了现在的自己并通过这个寻找自我的过程，第一次发现了另一个新的创作天地。我会继续画过去的'黑色咲世子'风格的作品，但是今天晚上请各位尽情欣赏我的新作品'白色咲世子'，看看我是怎么面对四十有五的自己的。无论是哪幅作品，都有我现在所拥有的光彩。"

咲世子一句不落地说完了自己想说的话，随着她轻轻地吐出一口气，掌声四起。在画廊帮忙的那个年轻女性送来了一个白玫瑰和白色丝石花相间的花束，咲世子微微红了眼圈，把花束抱在胸前向大家低头致谢。

"咲世，你真长大了。"

抬头一看,町枝妈咪正用手绢抹着泪水站在自己面前,身上穿着一件银色的晶片点缀的紧身长礼裙,因为已经过了五十,所以她特地披了一块蝉羽纱,掩盖了露在礼裙外面的脖子和肩膀,透明纱巾下的肉体却也显得颇为性感。

"町枝妈咪,谢谢你。"

二十年前的第一个画展就是在 MACHIE 画廊开的,中原町枝打那时起就是咲世子的"粉丝",也是忘年之交。

"不过,这次的'白色漂流物系列'真不错,你能用这么明亮的微笑让人落泪,真叫人心动。咲世,你呀,也真有点功夫。"

町枝妈咪虽然没有专门学过美术,但也是实打实的在银座开了近三十年画廊的人,有非凡的鉴赏力。町枝妈咪对咲世子作品的评价总是能抓住最核心的部分。

"你跟那人分手了,是吗?"

咲世子微笑着点了点头,素树现在在什么地方呢?两个人在一起的几个月能带来这个创作系列也不算虚度了。咲世子什么也不说,只点了点头。

"你还记得我以前对你说的话吗?就是有两种女人的话。"

咲世子想起在町枝妈咪住的超高层公寓,町枝妈咪的确说了,女人中有钻石型和珍珠型。

"你真变成了一个出色的珍珠型女人了,不是那种把豪华的光彩四处横溢的钻石,而是把自己珍惜的东西深深藏在自己心里的珍珠。男人不理解,也不用去在乎哦,男人的眼光没什么大不了的。"

咲世子拥抱了町枝妈咪。有这么理解自己的人,咲世子觉得很满足了。

"谢谢,妈咪,我又变成一个人了。"

町枝妈咪抚摸着咲世子的头说:"没什么,我可以陪你一起去看戏,看歌舞伎啦、歌剧啦,直到你有了下一个男人为止,我来陪你。"

咲世子又哭又笑地抱紧了小个子的町枝妈咪。

"哎哟,你的劲儿真大,把我抱疼了。对了,到了年底,我的画廊也想办个'白色漂流物系列'的展销会,我会给你挑选好客户的。"

"好,好。"

咲世子走向了正用亲切的目光看着自己的其他客人。

3

睡梦中也能听到阵阵波浪声。

第一天尚能时时感受到海潮的拍击声,习惯了以后也就不觉得了,反而觉得在这波浪摇晃中,自己一直都能睡下去。咲世子独自来到了南太平洋上的小岛——大溪地,从 Faa'a 国际机场坐出租车到住宿的艾美大酒店只要二十来分钟。能俯瞰花园的一般客房也不错,但是既然来到了大溪地,咲世子还是加了百分之五十的价钱,要了一间水上小屋。

结束的时候,所有的东西都一齐结束了,盛况空前的个展闭幕后的第二个星期,连续画了八个月的报纸连载小说插图工作也结束了。咲世子把保罗寄存在宠物托管店,一个人来到了这个度假胜地。

最初的两天,她都是在波浪声中睡觉,也不出酒店。吃饭不是要送餐服务,就是去餐厅 Le Carre。这是一家面向大海,有着茅草房顶的法式餐厅。咲世子一直到第三天才开始想做点什么。

大溪地位于南半球,季节和日本正好相反,太阳落山后就很凉快,短袖外面还需要加上一件薄薄的长袖衣衫什么的。咲世子拿起床边的电话机,对着接电话的前台服务员说:"请日本人说话。"

这个酒店的管理部有日籍工作人员常驻,咲世子对那个自称是横滨人的年轻女性很有好感。

"喂,你找我有什么事吗?"

"吉川小姐,有没有能看日本的录像带的机器?"

"啊,如果是 NTSC 制式的,我们这里有专用的录像放映机。"

咲世子把素树拍的纪录片录像带从日本带来了。这次旅行有两个目的,一是要好好看一看素树留给自己的这盘录像带,另一个目的则是想买大溪地的名产——黑珍珠,以奖励自己。剩下的时间只是休息,所以没报名参加任何旅行活动。咲世子对着电话又顺便说了一句："然后,再要一个送餐服务。"

吉川小姐在电话那头笑了笑问:"还是要一直点的那个吗?"

"是的,再加一小瓶酩悦香槟。"

咲世子一向不喜欢旅行时在吃的方面冒险,这次也是。第一次在饭店要的波利尼西亚风味的太平洋三文鱼味道极为鲜美,所以她后来就每次都要这个菜。用椰奶、香菜以及生姜调制成的酱汁,浇在鱼皮烤得香脆的三文鱼上,非常美味可口。

咲世子躺在床上仰视着天花板上不紧不慢地旋转着的风扇,决定在晚餐送来前,先冲个淋浴,这也是第一次看素树作品的礼仪吧!

水上小屋里只有一个小小的电视机,黑色的录像放映机用三根线和电视机连在了一起。咲世子吃完饭以后,把餐具什么的放到推车上,然后把推车放到小屋外面。

手里拿着的只是浮着冰块的香槟酒玻璃杯和录像机遥控器。咲世子一口喝光了香槟酒后,按下了遥控器的开关。窗外,透明清澄的藏青色夜空一直延伸到地平线的彼岸,这种透明感用版画能表现出来吗?咲世子觉得自己像是患上了职业病,不由得苦笑着把视线转向电视屏幕。

没有预告,也没有题目的开头部分,电影突然就开始了,整个画面全是咲世子的脸,这是素树第一天到工作室来的时候拍的画面中的女人表情紧张,去年的咲世子突然开口说:"内田咲世子,职业版画家,已经有二十年的经历了。"

接着是几张初期创作的版画出现在画面上,都是二十多岁时画的,是记录自己的变化和成长的作品。

"听说,内田女士学生时代的绰号是'黑色咲世子',能不能请您谈谈这个绰号的由来。"

思念和痛苦在心中几乎要炸裂开来,画面里的咲世子腼腆地说:"这跟我总是穿黑色衣服有关系。在读美大时,没有钱去买新的衣服,即使买了新的衣服,也马上就会被油墨弄脏,所以就只买黑色的衣服了。"

镜头慢慢移向咲世子穿着的黑色毛衣的胸口,在这上面用白体字映出了题目《丰饶的黑色——版画家内田咲世子其人其作品》,在这个题目背景下,素树那带点鼻音的声音又传了出来:"黑色对你来说,是什么样的颜色呢?"

画面上的咲世子好像在看什么耀眼的东西似的眯缝起了眼睛:"是能画出这个世界上所有东西的颜色。"

画面上插入了咲世子最近几年的作品,"美柔汀"技法表现出柔和而又温馨的黑色,一张又一张作品不断重叠出现,主宰着画面。咲世子继续说:"还是唯一能表现出事物的深层内涵和人的心灵深处的颜色。"

咲世子的笑脸被放大,可以清晰地看到眼角的鱼尾纹,和素树刚认识不久的自己很有信心地说:"就像不能选择其他的人生一样,对我来说,没有选择其他颜色的余地。"

画面突然被白色遮盖了,还有跑在披露山斜坡上的保罗背影,镜头又转向雪花飞舞的天空。咲世子看到这里,停下了录像带,脑子里留下的记忆太鲜明了,使得她不敢一气看下去。下面也许会是在雪中的公园,自己对着素树大笑的画面吧,自己的爱情就是从那儿开始的。咲世子怕看到自己陷入情网时的表情,又往空杯子里倒上了凉透的香槟酒。

素树的剪辑手法无可挑剔。

这不仅仅是一部介绍版画家咲世子的纪录片,咲世子相信,这一点,不光自己能明白,所有看这部片子的人都能一目了然,主人公在和摄影师陷入深深恋爱后,眼神起了令人惊讶的明显变化。

就连改天拍摄的介绍版画制作过程的场面中都有浓郁的浪漫气氛,高潮是在逗子海边拍摄的场面。手里拿着汽水瓶碎片的咲世子对着镜头说:"我对这些长年累月漂流在海水中的残片,产生了一种亲近感。这些残片被海水冲洗得连伤痕都消失了,就连颜色也是一样,被漂白到原来是什么样的都不知道了,只有形状留了下来。我看了它们,甚至想,这些孩子们也是在拼命的啊。"

咲世子已经忘记自己说过什么了,但是重新又听了一遍以后,发现竟跟个展开幕那天反复练习的致辞几乎一样。画面上的咲世子眼里闪烁着光彩,目光追随着湘南大海遥远的地方,海面上有几只色彩鲜艳的冲浪帆板在飘动。

"年轻人也许不会明白，但是，和我同龄的中年人对我的这种感觉一定会点头表示同意的。从痛苦的岁月中挣扎过来的人，经历了狂风暴雨，饱尝了又咸又涩的海水滋味，终于走到了今天这一步。"

对一个专心致志于摄影的人来说，下面是个很幸运的画面。咲世子在沙滩上高高地举起手，这时，云间透出的一道强烈的太阳光直射在咲世子手中的碎玻璃片上，咲世子的手上放射出幽暗的宝石般的绿色光彩。

咲世子眼泪簌簌而下，本人呆住了，脸上是一副浑然不知道自己为什么会哭的表情，春天里的咲世子在落泪。咲世子看见自己在哭也哭了，这是高兴的泪水。

咲世子看了两遍素树拍的纪录片，放第三遍时已经是深更半夜了，在波浪声中，咲世子不知不觉地睡着了。

这是个连梦都无法入侵的完美的睡眠。

4

第二天早上，咲世子不是被波浪声而是被电话铃叫醒了。

"喂。"

咲世子立即就感到自己的眼皮肿得要命，是昨晚在看录像时一直流泪的缘故。酒店管理部的日本人说："对不起，打搅您休息了。有个客人说想见您,我不知道是不是能让他去您那儿。"

有客人?咲世子想不出这个地方会有什么人找自己,正因为此地没有认识的人,自己才坐了十一个小时的飞机飞到了法属波利尼西亚来的。

"什么样的人?"

"是个日本男性。名字叫德永素树,说是您的朋友,有好消息要跟您说。"

只要听到这个名字,心脏就会从本来应该在的地方跳出来,咲世子看看钟,还不到早上九点。

"明白了,你让他在餐厅等我,我三十分钟后去那儿。"

"明白了。"

咲世子从床上跳了起来,赶紧去盥洗处整理头发,眼睛红肿,脸颊上还留着枕头的痕迹,头发蓬松得就像个鸟窝,但是为什么脸上挂着笑容呢?

咲世子开始往洗脸盆里放热水洗脸,水蒸气前面的镜子里,有个和昨天录像带里一样眼神的女人。

咲世子准时走进了有着大茅草房顶的餐厅,因为没有玻璃窗,所以海风横穿大厅,即使是这个时间,餐厅的客座率也有三分之一。灰色的桌布上倒立着一个洗得一尘不染的葡萄酒杯,环视餐厅的大厅,根本就没有素树的影子。咲世子对自己的失望感到可笑。

咲世子找了一个靠角落的座位，从这儿能看到大酒店的景色，然后要了一瓶矿泉水和一杯奶咖，开始耐心等待男人的出现。咲世子想，自己可能还是属于珍珠型的女人，与其让人等，还不如自己等别人，这样会很心安理得。

　　咲世子发现了站在泳池边的素树。这家大酒店的泳池有点与众不同，泳池的四周放了白沙，有一种潟湖的气氛。素树下身是一条牛仔裤，上身是一件白衬衫，肩上挎着一个不大的挎肩包，挽着衬衫袖子的右手臂上搭着一件薄薄的上衣。是素树。咲世子觉得心脏快要崩裂了，好像一次脉动心脏却要跳两回，胸口感到痛苦异常。

　　男人从泳池边走向了餐厅。在木槿花、提亚蕾花等南国热带鲜花的衬托下，素树走了过来，这是一幅出乎咲世子想象的画面。咲世子深为自己不是摄影师而感到遗憾，如果自己是摄影师，手头也有摄影机的话，一定会马上把这一瞬永远记录下来。

　　素树走进大厅，冲着咲世子点了点头，就径直走了过来，在坐下前，他先开始从包里找什么东西。

　　"我想让你看看这个，所以跑到这儿来了。"

　　素树把一个小小的水晶奖杯放到桌子中央，坐下后说："在仙台的纪录片电影节上，我们的作品获得了大奖。昨天，不，前天举行了颁奖仪式。"

　　"是吗？太好了。可你怎么知道我在这儿？"

　　"飞机上干燥得要命，渴死我了。"说着，素树一把抓起咲世子的矿泉水，一口气喝了下去。男人脖子咕咚咕咚涌动的样子吸引了咲世子的目光。

"太爽口了！是三宅先生告诉我的。个展最后一天，我去了银座的画廊，听三宅先生说了你的事儿。三宅先生全告诉我了，你来这儿旅行、这个酒店，还有那天早上你跟三宅先生之间什么也没发生，等等，所有的事。"

咲世子不由得叹了一口气："是吗，我也不知道这样做是不是好。"

"我是不是又给你添麻烦了？ 不管怎么样，我要做的事已经做到了，就是想让你看看这个奖杯。另外再说一句话，我来这里的目的就完成了。"

咲世子怕的就是听他说这一句话，她不去看素树，而是把目光落到纯白色的泳池边。

"好，你说吧！"

素树如放射利箭一般毫不犹豫地说："我在东京等你。"

咲世子心中一时惊喜交织，不由得用热烈的口吻说："我们之间是没有未来的。"

"但是，有现在。"

放在桌上的咲世子的手被素树那双大手紧紧握住了。这双温暖而强有力的大手，总是能动摇咲世子的灵魂。

"你的电影怎么样啦？"

素树露出一副不在乎的样子说："三天前终于完成拍摄了，

接下去是后期的工作,什么复制啦、音乐啦、效果啦。到公开上映前还要做一些宣传活动,跟诺娅一起应付接踵而至的采访。大概要做一段时间的电影公关先生吧!"

咲世子对素树分手后能过得这么充实感到很高兴。素树疲倦地笑着说:"我坐今天傍晚的飞机回去。不过,飞机也是个不坏的交通工具。"

又在说什么不可思议的话了,咲世子不解地看着素树。素树笑了:"十几个小时一动不动地坐在飞机上,竟然想出了下一部片子的主题,这次要拍一部姐弟恋。"

咲世子笑了,笑得流出了泪水。她紧紧地扣住素树的手不放,男人也紧紧抓住了咲世子温软的手。至少,在这个时刻,不要去想什么多余的事,咲世子这么暗暗下定决心,把自己的手完全交给了男人。

两人吃了一顿简单的早餐。咲世子要了一份法式早餐:一个羊角面包加一杯奶咖,又向素树推荐了波利尼西亚风味的烤太平洋三文鱼。快要吃完时,咲世子问:"到傍晚还有时间吧?"

"有。"素树点了点头,把鱼皮也都吃了。

"那,陪我一块儿去买东西吧?"

"行啊,别看我这样,大学时我选的公共外语是法语,只言片语还是能对付的。"

"真的吗?"

"我的毕业论文是《法国新浪潮电影的时间感觉》。以前,我是个很用功的学生,还看过很多原版书呢,当然都是电影杂志什么的。"

从大酒店坐上酒店的免费卡车去了小岛的中心,咲世子和素树坐在卡车的长椅上,任凭大溪地干燥的海风吹过来打在身上。大溪地的冬季,气温也有二十五六度,没有车顶的卡车厢令人心情舒畅。

在帕皮提的市场前下了车,两人开始徜徉在繁华街上。戴高乐将军路、菲诺伊王子路、坡马莱大道等几条名字响当当的马路纵横交错贯穿在岛中心。但是,对看惯了银座或者是丸之内之类的繁华大街的咲世子来说,这些马路都是些朴素而又单调的地方而已,每条街只要走上三百米左右,就会走到尽头。

咲世子和素树跑了一家又一家珍珠店,购物中心里有数不胜数的首饰店,都在卖岛上名产"黑珍珠",基本上是黑珍珠穿在仿白金项链上,或黑珍珠耳环,有的很时尚,也有的装饰过多。当然也有当地风格的东西,比如黑珍珠配蝠鲼、鲸鱼骨等。

但是,不管是什么造型的,都被装进了漂亮的玻璃盒里。对这种包装美观的东西,咲世子根本不为所动,虽然都很漂亮,但并不是自己所追求的东西。

出了第七家店铺时,素树说:"每家店都是大同小异啊。"

购物中心前的人行道上,有几个男人凑在一起,不知道在干什么。他们个头虽然不高,但是个个都像海上漂来的原木一样,身材健壮、结实,均是典型的大溪地男人。咲世子看见了一个肤色呈浅黑色的男子,短裤上面是一件再普通不过的夏威夷衬衫,敞开的领子下,用细细的皮绳吊着一颗没有磨洗过的黑珍珠。

"哎,你看。"

咲世子不等素树回话,就径直走向那几个男人。

"你们好,这样的黑珍珠,在哪儿有卖的?"

素树翻译了这个问题,咲世子只能听懂"NOIR"(黑色)这个单词。素树只问了一句,但是那帮男人两手比画着说了大约几分钟。素树笑着听完了他们的话,告诉咲世子:"在大溪地,珍珠与其说是装饰品,不如说是护身符,不分男女,大家都挂在身上,可以辟邪,能去掉厄运,是很灵的东西。"

"厄运",咲世子对这个词很敏感。自己已经步入了人生的后半段,虽然不希冀比别人更好的命运,但是也愿不要有更坏的事情发生。

"我也要这样的,问问他们在哪儿能买到。"

男人中的一个指着自己的胸口,表情生动地对素树说了起来,又在素树翻译给咲世子听的时候使劲看着咲世子。

"这个人说自己是珍珠的中介商,如果你真要的话,他待会儿把东西拿到酒店去给你看。"

咲世子伸出右手,和这个男人紧紧地握了握手,对这个男人说:"我住在艾美。"

讲好了时间,咲世子和素树就离开了男人们。

一个半小时后,在酒店的大堂里,咲世子和素树见到了刚才约好的男人。这个男人说自己叫罗贝尔·基卡尼,然后用粗壮的手臂把一个中等大小的铝合金箱子轻松地放到了桌子上。罗贝尔"啪啪"地打开箱子的金属扣子,掀起了盖子。箱子里面用黑色的天鹅绒层层隔开,小塑料袋里放着很多黑色的珍珠。男人表情严肃地拿出一个又一个袋子,把里面的黑珍珠拿出来给咲世子他们看。素树说:"这个人跟你一样,对黑色很讲究,说是黑珍珠,其实也有很多不同的黑色,最普通的是带绿的黑珍珠,还有灰红的、蓝黑的、紫黑的、灰黑的、幽绿的,等等。要说起来,没完没了,但是最重要的是要和这个人的肌肤相配。"

男人表情严肃地选出三颗来,都是晶莹透亮的黑色里带着蓝色的光彩,又拿出小镜子一起递给咲世子,做了一个你自己看看的手势。咲世子把珍珠放到自己的脖子上,看着镜子。素树在旁边说:"他说你皮肤白,蓝黑色比较相称。"

"我也很喜欢这种色彩。不过,不需要这么圆的。"

咲世子从箱子里找同样颜色的珍珠,发现了一颗不太圆的大珍珠。

"这个,怎么样?"

男人瞪大了眼睛看着咲世子,叽里呱啦地说了些什么,不用翻译也能明白了。

"他说我很会挑东西吧?"

"是。"素树用法语答道。

"那你跟他说,我要像他那样用黑色皮绳穿起来的,不要什么仿白金啦白金的。就像我这个人一样,不需要什么装饰。"

那个买卖人听着不停地点头,然后说了些什么。

"真正好的东西是不需要装饰的,你就跟这个黑色珍珠一样,啊呀,不好办……该怎么翻译好呢?"

男人用一种"快说呀"的表情看着素树,咲世子灿烂地笑了起来。

"快译呀,反正这儿没有其他人知道。"

"好吧,他说,很羡慕我,说你到了晚上一定是颗更光彩夺目的珍珠。"

咲世子沉默了,素树又对男人说了些什么,男人掩饰不住高兴的样子,又拿出了几颗黑珍珠。

"我只要一颗就够了。"

"不是你的,是我自己的护身符。"

素树不再多说什么,男人说只要一天就能穿好,加工好了后拿到酒店来,到时再算钱,约好了用旅行支票付款。咲世子看看男人给的质量保证书,又马上还给对方:"行了,我也看不懂。"

素树却很高兴的样子。

"你怎么啦?"

"我今天就回去,拿不到我的黑珍珠了。你替我拿着,等回到东京后带给我。"

那个穿夏威夷衬衫的买卖人虽然听不懂素树在说什么,但好像从气氛上觉察出什么来了,说了声"这就好",就嘻嘻地笑了起来。咲世子惊讶地看着这两个男人,素树和罗贝尔紧紧地握了握手,两人脸上泛出一种心照不宣的微笑。

大溪地的夕阳透明度极高,从地平线的彼岸射过来的金红色好像是穿过玻璃而来的,没有丝毫的浑浊。咲世子和素树一起并排坐在水上小屋的阳台上。

"到了这样的人间极乐世界,却才半天就要回去,我可真是个大傻瓜。"

素树赤着脚,把牛仔裤的裤脚卷到了膝盖下面,小腿上的肌肉很有力地露在外面。

"是啊,我没有及时表示反对,也真是太傻了。"

咲世子眺望着染透了心里每个角落的夕阳,终有一天会和素树永别,十七岁的年龄差是永远无法填埋的。

但是,现在这样就很幸福,无须用脑子去想什么,只要凭自己的身体去感受就行。以后的日子里,也许会碰得头破血流,也许又会诅咒自己是个无用的人,或许还会憎恨眼前的这个青年。

正因为如此,才不能放过此时此刻,今天比明天总要年轻一天,不管是哪一天,都要年轻一天。

"哎,把你的手给我。"

素树把椅子转过来,向咲世子伸出右手。咲世子仔仔细细地打量起男人的手来,回想起来,一切都是从这只手开始的。

"我在画展上看见了画着我的手的非卖品,你在想些什么,就全明白了。我很感动,在那幅作品前流了泪。三宅先生告诉我所有的事情,大概是因为看见了我当时的样子。"

已经不需要再说什么,咲世子把素树的手放到自己的脖颈下。在这只手上她感到了自己的脉动,轻微的哭泣也许是因了大溪地的夕阳太美。咲世子一直把素树的手抱在胸前,直到素树坐上飞机。